T0203497

Sábado, domingo

Ray Loriga

Sábado, domingo

ALFAGUARA

Papel certificado por el Forest Stewardship Council®

Primera edición: febrero de 2019
Segunda reimpresión: abril de 2019

Printed in Spain – Impreso en España

ISBN: 978-84-204-3569-5
Depósito legal: B-389-2019

Compuesto en Arca Edinet, S. L.
Impreso en Unigraf, Móstoles (Madrid)

A L 3 5 6 9 5

Penguin
Random House
Grupo Editorial

Ocurre también en Roma.
CESARE PAVESE

No lo hice por amor.
EVA NORVIND

Sábado

Madrid, verano de 1988

Lo que sucedió ese día nunca lo hablé con nadie, ni con Chino, que lo vivió conmigo. Ni siquiera con Virginia, que es mi prima preferida. Y si he de ser sincero, creo que no pensé mucho en ello, hasta hoy.

Chino y yo no éramos amigos de la infancia ni nada parecido, apenas llevábamos un año juntos cuando conocimos a la camarera, y en cualquier caso no era mucho de hablar Chino, era más bien de hacer cosas, con lo cual no resultaba muy fácil ser su amigo íntimo. Ni siquiera sé si había algo remotamente íntimo en él; era más bien un tipo de puertas afuera, enredado en una multitud de tareas a las que se entregaba con gran entusiasmo. Montaba a caballo, iba de caza, esquiaba, practicaba eso que se hace con una cometa y una tablita de surf y que no sé ni cómo se llama. Era lo que se dice un hombre de acción. Con las chicas le iba de maravilla, eso sí, y le encantaba contarlo, pensaba que sus aventuras sexuales eran lo más interesante del mundo. Ahí sí que se le soltaba la lengua. Y no sólo me lo contaba a mí con toda clase de detalles, sino que lo compartía con cualquiera que quisiese (o no) escucharle. En eso era la mar de generoso.

En cuanto conocía a una chica le contaba lo que había hecho con otra, lo cual nunca me pareció apropiado, pero a él, en cambio, no le iba mal el método, pero que nada mal. Los dos bebíamos y fumábamos muchísimo, pero lo de las chicas se le daba mejor a él.

Todo tenía gracia más o menos hasta que conocimos a la camarera. Vives como si nada hasta que algo se te clava, y después se trata de sacarse esa espina, más que de seguir viviendo. Sale en todos los cuentos, no es algo que se me haya ocurrido a mí.

Nunca comprendí muy bien lo que pasó aquel fin de semana, fue todo muy extraño. Sólo hoy, casi un año después, empiezo a entender cómo sucedió, aunque no el porqué.

Ahora me doy cuenta de que no teníamos ni que haber empezado a tontear con esa camarera y de que nos equivocamos desde el principio. Tampoco he vuelto a ver a Chino después de aquello, ni ganas. A veces la vergüenza te impide mirar atrás durante mucho tiempo, y la gente que te recuerda algo malo se vuelve rara en la memoria, y uno aparta toda la historia con las manos de dentro de la cabeza como quien espanta moscas. De la chica tampoco he sabido nada más. Estaba loca, supongo, pero era una preciosidad.

Fue en agosto del año pasado, justo después de la fiesta de despedida de mi prima Virginia, cuando por fin anunció que se iba a Francia a estudiar ciencias políticas en la Sorbona y montó aquella fiesta gigante en pleno verano, lo cual era para empezar una idea absurda, absurda para cualquiera menos para ella. Mi prima Virginia es tan encantadora que puede dar una fiesta cuando le dé la gana y vendrán al menos cien personas, aunque sea en Madrid en agosto. Claro que de esas cien personas sólo diez serán gente a la que conocemos de verdad; el resto, como pasa siempre, serán amigos de conocidos de conocidos, la clase de colgados que caen por Madrid de vuelta de una playa y de camino a otra y que presumen como locos de lo bien que les están yendo las vacaciones, y que después de dos copas meten la pata y se mean en una alfombra sin dejar de dárselas de importantes. En resumen: auténticos capullos.

Chino dijo que no quería ir precisamente por eso, pero no me lo creí, y además yo nunca le he negado nada a mi prima Virginia, porque la adoro. Es muy simpática y muy lista y lee todo el tiempo libros rarísimos, pero no presume de nada.

Si mi prima Gini (así llamamos casi siempre a Virginia) supiese lo que sucedió apenas unas horas después de su fiesta y lo que pasó con la camarera, no volvería a dirigirme la palabra.

Si Gini nos hubiese visto ese fin de semana, se hubiese muerto, o algo.

Por eso nunca le dije nada.

A Gini le caigo muy bien, desde que éramos pequeñitos, y tampoco le caigo bien a tanta gente.

Ni siquiera a Chino, aunque él al menos me soporta.

El caso es que fuimos a la fiesta de Gini.

La verdad es que Chino estaba loco por ir, aunque dijese que no quería ir por nada del mundo. A Chino le encantaba hacer eso, decir que le daba cien patadas algo que le apetecía muchísimo. A mí Chino me caía fatal y fenomenal al mismo tiempo. Es difícil de explicar, pero seguro que eso le pasa a todo el mundo con alguien. No es lo que la gente llama una relación de amor-odio, porque yo ni lo amaba ni lo odiaba ni nada parecido, era sólo que me daba un poco de rabia todo lo que hacía y sin embargo no podía dejar de ir con él. Por eso estaba delante cuando sucedió lo de la camarera, por eso me reí de algo que no tenía gracia. Por eso me he despertado esta mañana odiándole a él y odiándome a mí, y sin ganas de vivir otro verano.

No hay que darles tantas vueltas a las cosas. Siempre me lo digo y me lo repito, y luego no me hago ni caso, pero eso no quita para que esté seguro de que no hay que darles tantas vueltas a las cosas. Si hay algo que no aguanto es que la gente te diga que ya sabe lo que te pasa y que hubo un tipo del siglo no sé cuántos que le puso un nombre. Como cuando se agacha tu madre a coger algo y le ves el escote y luego viene un psicólogo y te dice que se te ha metido un griego de hace miles de años en la cabeza. Qué va a saber un griego muerto de mí, o yo de un griego vivo o muerto.

No sé, tal vez en lugar de hablar de griegos de los que no sé gran cosa debería presentarme.

Soy hijo único y crecí en uno de esos barrios de las afueras de casas grandes con jardín y piscina, así que es normal que le caiga mal a cualquiera desde el principio. No pasa nada, estoy acostumbrado. A mí también me cae mal casi todo el mundo que vive en mi barrio y casi todo el mundo que va a mi colegio, o que vive en otro barrio o va a otro colegio. En eso creo que soy como todos, los demás nos caen mal a cada uno de nosotros, y así en general, sin más. Incluidos árabes, asiáticos, aborígenes australianos, negros y caucasianos, y también moros, budistas, hebreos, anglicanos, ortodoxos, coptos y cristianos, menos algunos que por lo que sea nos caen la mar de simpáticos. A lo mejor sólo me pasa a mí, no sé.

Se puede pensar que soy un niño mimado, aunque en mi defensa diré que mi casa es la más pequeña de mi zona y que mi piscina no es ni la mitad de grande que las piscinas de mis amigos, y que casi ni nos bañamos en la mía porque la mayoría se ríe en cuanto dan dos brazadas y ya han llegado al otro lado. Los padres de Chino tienen por ejemplo aproximadamente mil trillones de veces más dinero que los míos. Y una piscina enorme, que se cubre en invierno con una de esas cubiertas de metacrilato que se pliegan y se despliegan. Creo que es metacrilato, pero tampoco soy un experto en cubiertas retráctiles. El agua de la piscina de Chino está caliente en invierno, el agua de la mía en invierno está fría y verde y llena de hojas. Para compensar el tamaño de mi piscina, y la falta de calefacción submarina y de cubierta retráctil de lo que sea, suelo invitar más de la cuenta y enseguida me quedo sin el dinero de la paga y de lo poco que gano haciendo chapuzas por el barrio, como cuidar niños pequeños cuando sus padres se van de cena. Cuando salimos de copas, y la verdad es que apenas hacemos otra cosa, siempre acabo pagando de más. Por alguna razón, la gente que tiene muchísimo dinero suele ser la que menos paga. Eso me pone malo, y entonces pago aún más, para que no se me note. A lo mejor por eso no tengo esquís, ni moto, ni escopeta. Todos mis amigos tienen esquís, motos y escopetas porque se ahorran una pasta cuando salen conmigo. En fin, no hay nada más feo que pagar y quejarse luego de haber pagado, así que mejor me callo.

Ahora parezco un niño mimado de un barrio elegante, pero no siempre fue así. Mi primera infancia transcurrió en un barrio de trabajadores normales, es decir, trabajadores que por mucho que se esfuercen no ganan mucho dinero, y aunque no pasábamos hambre ni nada parecido, tampoco sobraba para caprichos. No teníamos televisor en color, ni nosotros ni casi nadie en mi colegio, ni tampoco zapatillas de marca. El parque donde jugábamos al fútbol lo peleábamos a diario con los chicos de una barriada lindante, La Elipa, al otro lado de una carretera de dos carriles. Los chicos del otro lado, en general, lo pasaban aún peor. Normalmente las peleas no eran gran cosa, pero poco a poco la tensión desembocó en verdaderas luchas de bandas. Los más mayores acordaban reglas para cada disputa según la vieja tradición (puños, piedras, palos) y nos citábamos al terminar las clases. Los mayores iban delante y los pequeños detrás. Cada uno se pegaba, a poder ser, con alguien de su tamaño aproximado; había cierta nobleza y el *fair play* en general se respetaba. Yo era entonces de los pequeños y todo resultaba más o menos emocionante, divertido y no demasiado peligroso, más allá de unos cuantos moratones y de la humillación de la derrota (cuando ésta se producía, no siempre perdíamos). Hasta que una noche uno sacó una navaja y murió un chico de unos quince años. Ahí se torció la cosa, y luego empeoró cuando a otro lo pilló la policía pasando heroína. Las dos grandes bandas se disolvieron y se formaron otras más pequeñas y más sucias. O, por decirlo así, más profesionales. Al poco cayó otro chico, apuñalado por venganza. Lo cierto es que no sé quién fue el primero en sacar un arma blanca, si uno de ellos o uno de nosotros, pero lo que empezó como un juego se fue volviendo más y más siniestro. Mis padres hicieron un esfuerzo imagino que sobrehumano por sacarme de allí. Así que dos años y catorce kilómetros después terminamos en el barrio de las afueras donde estamos ahora. Apenas si volví a ver a alguno de mis viejos compañeros. No pasó hace tanto, pero lo recuerdo muy lejano, si es que me paro a recordarlo. Como si hubiese sucedido hace un millón de años. A mí es que me parece que cada segundo pasó hace un millón de años.

Casi olvidado ese pasado medio pandillero, saltemos pues hasta ahora. O mejor, hasta el año pasado.

La fiesta de Virginia fue justo durante ese fin de semana en el que todo, y cuando digo todo me refiero a todo, salió tan mal.

Chino y yo estábamos en Madrid porque habíamos suspendido. Para Chino era normal suspender (ya había repetido dos veces), pero para mí no, por eso me llevaba más de dos años y supongo que por eso me parecía entonces tan mayor y tan seguro de sí mismo. Yo, en cambio, soy un estudiante modelo, saco unas notas buenísimas, pero el curso pasado, no sé por qué, me dio por no ir a clase de matemáticas, a pesar de que las matemáticas me encantan. Fue por culpa de la profesora, creo, porque me animaba mucho y pensaba que yo iba a ser matemático profesional o físico cuántico o algo parecido, y la verdad es que tampoco era para tanto. Una vez resolví una parábola según ella muy complicada, y no se le ocurrió otra cosa que ponerme como ejemplo delante de todos y al final me dio una vergüenza horrible. Cualquiera que haya ido al colegio sabe que ese tipo de cosas te convierten de inmediato en el tío más capullo de la clase, así que después de ese bochorno empecé a fumarme las clases de matemáticas y no fui ni a una más en todo el trimestre, e incluso tiré piedras a voleo y rompí tres o cuatro ventanas para tratar de restablecer mi poco prestigio. Suspendí, claro, y fue un escándalo. El director me miró muy seriamente y aventuró grandes problemas en mi futuro. Mi madre lloró y todo. Mi padre no; a mi padre le da igual que apruebe o no, dice que no es asunto suyo y tiene más razón que un santo.

Mi padre es un tipo seco pero simpático que piensa que el futuro de su hijo no es cosa suya. Y creo que hace bien.

Mi padre nunca me ha leído un cuento a los pies de la cama, ni falta que nos hace a ninguno de los dos.

A veces se lleva a mi madre de viaje, no muy a menudo, creo que una vez estuvieron en Portofino y otra en Canarias, y vuelven tan contentos y tan cariñosos que da un poco de vergüenza.

En fin, el caso es que yo había suspendido matemáticas y mis padres estaban de viaje juntos, cosa rara, y se suponía que tenía que pasar el verano repasando integrales y no sé qué leyes de probabilidades aplicadas a la estadística. Nunca he tenido gran interés por la estadística, porque a poco que lo pienses acaba confirmando cualquier tontería. Como que la gente que lleva calcetines negros tiene un índice de mortalidad más alto que la que lleva calcetines de estrellas, sólo porque la mayoría de la gente lleva calcetines negros y a muy pocos les da por las estrellas. Eso no es culpa de la teoría de la probabilidad, que se puede aplicar a casi todo lo interesante; sin ir más lejos, a ganar dinero en la ruleta. Con las integrales, por cierto, tampoco tenía problema alguno.

A lo que íbamos: eso de suspender matemáticas le puede pasar a cualquiera, y tampoco es cuestión de darse gran importancia. Hay quien suspende tres asignaturas y se cree el Che Guevara. No es mi caso.

Chino suspendía mucho más, y le daba aún menos importancia. Chino suspendía seis o siete todos los años y se quedaba tan ancho; había ido ya a cinco colegios y le amenazaban constantemente con mandarle a uno de esos internados que son como correccionales para niños ricos, pero todo eso le traía al pairo. Conozco a algunos que han ido a esos colegios y, según cuentan, es el peor sitio adonde puede uno ir. Allí sólo van aprendices de ladrones y aprendices de asesinos. Todo el que salía de esos colegios para niñatos rebeldes emprendía inmediatamente una carrera más o menos criminal, pero a Chino no le amedrentaba la perspectiva. A Chino le daba todo igual. Cogía el coche de su padre y lo estrellaba, y no se preocupaba ni un pelo. Bueno, en realidad eso lo hizo sólo una vez, pero era un Mercedes-Benz del 74.

Su padre tenía negocios en Brasil y viajaba mucho. Chino cogía el Mercedes para presumir, nos subíamos unos cuantos bien pertrechados de cerveza y dábamos vueltas por las afueras tratando de cazar chicas, hasta que un mal día lo estampó contra la verja del club de tenis y ahí se acabó la juerga. Es un poco capullo, Chino, pero era también mi único amigo de entonces. Los amigos son la cosa más rara del mundo, porque crees que vas a tener amigos que son de una manera y acabas con gente que es justo lo contrario. Como si no pudieses elegir. El caso es que Chino se hizo mi amigo en dos días y yo ya nunca le di más vueltas al asunto. Una cosa buena tenía: a las chicas las volvía locas. Si ibas con Chino siempre había chicas; supongo que por eso me junté tanto a él, a pesar de que no era precisamente el amigo más fiable del mundo. Para empezar, nunca llevaba dinero encima. Siempre decía «paga éste», cuando se refería a mí. De hecho, «paga éste» era la frase que más decía cuando íbamos juntos. Pero bueno, una cosa por la otra: chicas siempre había. Y no esas que por respeto se suelen llamar chicas interesantes, sino esas otras que son guapas de verdad.

La historia con la camarera empezó así, porque era muy mona y enseguida se volvió loca por Chino, y después todo se torció. Pero eso pasó después de la fiesta de despedida de Gini, así que es mejor empezar un poco antes.

A veces pienso que una historia, cuando se la quieres contar a alguien, hay que empezarla en el lugar exacto, pero luego no sé qué lugar es ése y comienzo a contarla al menos un poco antes, por si acaso. No leo muchísimo, desde luego no tanto como mi prima Gini, que se lo lee todo, pero cuando leo siempre me sorprende por dónde empieza la gente sus historias. Algunas veces lo hacen tanto tiempo antes que te desesperas hasta que pasa algo, y otras veces estás dentro desde el principio y te da la sensación de que no sabes lo suficiente. Por alguna razón, para contar lo de aquel sábado con la camarera necesito contar lo que pasó unas horas antes, aunque eso en realidad no explica nada.

Cuando llamó Chino, yo estaba durmiendo. Habíamos salido la noche anterior, y también la de antes, y habíamos bebido mucho, así que estaba recuperándome. Si mis padres no están cuentan con que me vigile Luciana, pero la pobre Luciana se duerme como un tronco y no la despiertas ni pegándole con una raqueta en la cara. Tampoco es que tenga raqueta, porque la mandé al trastero en cuanto me quedó claro que no iba a ganar Roland Garros ni nada parecido.

En realidad, lo que más me gustaba del club de tenis era llevar chaleco de punto de Le Coq Sportif, porque uno no tiene muchas oportunidades de llevar chaleco de punto sin parecer un completo imbécil. También me gustaba la arcilla roja pegada a las zapatillas, aunque no sé muy bien por qué.

Luciana está con nosotros desde que nací, o antes, desde que vivíamos en la otra casa, y dice que me ha puesto en su testamento. Creo que está un poco loca, pero es un amor. Hace unas albóndigas que no te caben en la mano y que están riquísimas.

Cuando no paso por casa en dos días, Luciana le dice a mi madre que estoy estudiando muchísimo y mi madre se lo cree, porque Luciana habla siempre muy seria, aunque mienta.

Si algún día tengo un hijo, espero que ya se pueda clonar a la gente con total seguridad, sin que les salgan brazos en las orejas y eso, y entonces clonaré a Luciana para que lo cuide.

Para que se vea lo atenta que es Luciana, y lo bien que lo cuida todo, diré que en vez de tirar la ropa la cose. Ya casi nadie cose nada, que yo sepa. Sólo Luciana. Una vez estuvo enferma y fui a verla al hospital, y eso que nunca voy a ver a nadie al hospital. No es que sea tan egoísta, o sí; el caso es que me parece que en los hospitales se te puede pegar algo, cualquier enfermedad africana, y que al fin y al cabo tampoco haces tanto cuando vas. Te sientas en una silla y al rato no sabes qué decir ni dónde mirar, y entonces pones cualquier excusa, como ir a comprar revistas o flores, para salir un rato y fumarte un cigarrillo en la calle. A Luciana sí fui a verla, aunque tampoco estuve mucho tiempo. Creo que ella se alegró, no lo sé; para este otro asunto del que hablamos, en realidad da lo mismo.

Centrémonos. Todo este absurdo asunto sucedió el año pasado. No pienso decir mi nombre, por si mi vida cambia (es decir, mejora) y no merezco este pasado, o por si quiero engañar a alguien, aparentando ser quien no soy, o por si cambio tanto (es decir, mejoro tanto) que yo mismo me regalo el premio de olvidar lo que fui.

Suceda lo que suceda después, siempre resulta sensato dejarse abierta alguna puerta, no vaya a ser que el encierro lo consume uno mismo y ya no haya otro culpable que encontrar. Así que mejor no entrar demasiado en asuntos personales.

Bueno, sólo una cosa más, y me temo que muy personal: mi madre se ha empeñado últimamente en traer a un exorcista de Roma para ¿curar, paliar, enterrar, desterrar? la esquizofrenia de mi hermano. Y eso me pone muy nervioso. Ya sé que antes he dicho que era hijo único, confieso que he mentido, pero es que a veces me imagino que lo soy para no tener que hablar de mi hermano. El caso es que no resulta nada fácil ni agradable hablar de él, y casi ninguno de mis amigos sabe que tengo un hermano, y desde luego jamás le hablo a ninguna chica de él, ni me gusta pensar en él si puedo evitarlo. Y además ya no vive en casa. Mi hermano camina con un cuchillo de cocina pegado al pecho con cinta transparente sobre una imagen de la Virgen del Coromoto; dice que es para ahuyentar, o matar si llega el caso, a los demonios que le rodean. Mi hermano ve demonios por todas partes.

Los llama «los que abren y cierran las puertas», y se esconden, según él, en los sitios más insospechados. Es decir, habitan en personas en apariencia normales. Pero él los descubre. Al parecer tiene ese don. El último que ha descubierto ocupa el cuerpo de Raffaella Carrà. De ahí su estrambótico movimiento de melena al bailar, algo que se agudiza enormemente durante los estribillos de casi todas sus canciones, siempre según la teoría de mi hermano.

Por qué se ha fijado en la hiperactiva presentadora y cantante italiana se me escapa. Antes había descubierto demonios en gente tan dispar como John Fitzgerald Kennedy, Bobby Farrell (el líder de Boney M), el doctor Barnard (ese médico surafricano que realizó el primer trasplante de corazón humano), Christiane Vera Felscherinow (autora del autorretrato yonqui que luego fue la película *Christiane F.*) o Buster Keaton.

Mi hermano asegura que si miras con atención a la gente que camina por la calle, o a Raffaella Carrà y a todos esos otros antes mencionados y a muchos, muchos otros, algunos individuos aparentemente normales se reconocen descubiertos como demonios y entonces, con mucha tranquilidad, asienten con la cabeza, o agitan su media melena, y clavan su mirada en la tuya y te la juran. Como quien dice: «Tú sabes quién soy yo, pero yo sé quién eres tú». Eso lo pueden hacer en persona o a través de la pantalla del televisor, aunque el programa haya sido grabado hace semanas o años, e incluso de una pantalla de cine, por más que estén muertos y enterrados desde hace décadas.

Estos individuos, hombres, mujeres o niños, son, de acuerdo a su experiencia enloquecida, demonios. No tienen por qué ser famosos: a veces los descubre entre las masas de extras de las películas, aunque no sean bíblicas, ni de terror ni nada parecido. Y otros días por la calle, en los parques, en los bares, hasta en algunas guarderías. No conviene buscarle una lógica al asunto. No la tiene.

Lo del exorcista puede parecer otra locura, pero mi madre se lo toma muy en serio, y por medio de un familiar cercano que resulta que es obispo ya ha conseguido contactar con uno que está más que dispuesto a venir desde Roma. Mi padre está tan asustado que no se atreve a decir ni pío, así que he tenido que ser yo quien plantase cara a la situación y por supuesto me he negado, lo que nos ha llevado, a mi madre y a mí, a enzarzarnos en una discusión metafísico-psicológico-religiosa de la que mejor ni hablo. No deja de ser cierto que los mejores psiquiatras y las clínicas más caras (y también las públicas) han fracasado en el caso de mi hermano a pesar de sus electroshocks, sus duchas frías, sus terapias y sus drogas experimentales, arruinando a mis padres por el camino, pero no creo yo que un exorcismo sea la solución. Como todo el mundo vi la película y me lo pasé bomba, pero no se me ocurrió que fuese buena idea repetirlo en casa.

A mí las chifladuras de mi hermano, en lugar de risa, me dan pena. No quiero buscarme excusas, pero a lo mejor es por eso por lo que últimamente bebo tanto, y cuando digo últimamente me refiero a lo mucho que bebo desde los catorce años. En fin, ya he dicho que no quería hablar del tema, y estoy diciendo más de la cuenta. ¿Me pasa sólo a mí, o nos pasa a todos que hay cosas de las que odiamos hablar y de las que luego, a la mínima ocasión, no podemos dejar de hacerlo? Pregunta sin respuesta. Por ahora mejor lo dejamos. No sin antes hacer una aclaración que considero necesaria: la Virgen del Coromoto es la patrona de Venezuela. Y dicho esto tendría que explicar por qué narices llevaba mi hermano pegada con cinta adhesiva transparente, bajo un cuchillo de cocina, la imagen de esa Virgen y no de otra, habiendo como hay tantas Vírgenes en España. Todo fue culpa de la guerra, y sé que todos estamos ya más que hartos de oír hablar de la guerra, pero es que no hay otra manera de contarlo. Mi abuelo luchó en el bando republicano y se exilió a Venezuela en el año 42, primero en Maracaibo y luego en Caracas, y en Caracas mi madre se quedó embarazada a los diecisiete años de un actor de telenovelas y, sin entrar en detalles (al fin y al cabo, los detalles pertenecen a la intimidad de mi madre), el caso es que después de uno o más desengaños, y supongo que traiciones, mi madre regresó a Madrid con mi hermano y se casó con mi padre en Gibraltar, ya que en España no existía el divorcio, y por eso mi hermano, que era a todas luces casi venezolano, le profesa una especial devoción a esa dichosa Virgen del Coromoto.

Para no querer hablar del tema, me temo que he contado más de lo que debía.

No sé si esto va a arreglarlo, pero me gustaría que quedara claro que mis padres son buena gente. Mi madre siempre quiso tener un piano, y mi padre un todoterreno. Gente completamente normal.

Por cierto, que mi madre por fin consiguió su piano, pero no pudo aprender a tocarlo y lo devolvieron, y mi padre consiguió también su todoterreno, un Land Rover amarillo pálido, pero nunca salió de la carretera asfaltada. Creo que ni un charco ha llegado a pisar el hombre.

Volvamos al día de la fiesta de Gini.

Cuando Chino llamó, no lo cogí. Estaba muy poco fresco, la verdad, y tuvo que llamar seis veces hasta que abrí los ojos. Chino es la clase de tío que llama seis veces seguidas cuando quiere algo, pero que si le llamas tú puede tardar seis meses en contestar. Hay mucha gente adorable que hace lo mismo.

La cabeza me dolía horrores y no pude recordar bien qué demonios habíamos hecho la noche anterior, aparte, claro está, de beber demasiado. Al menos estaba en mi cama, y no tirado por ahí como tantas otras veces. Soy epiléptico, y a menudo me despierto en el sitio más insospechado sin tener la más remota idea de cómo he llegado hasta ahí.

Maquetas de tren, piezas de Lego, caídas, golpes y a veces sangre. Así recuerdo a duras penas mi infancia. Al menos la parte de mi infancia que coincidía con apagones y despertares extraños. Es curioso que de las otras partes, las que sucedían entre cada episodio epiléptico, guardo un recuerdo peligrosamente exacto. Como grabado en una cinta de vídeo o apuntado en un manuscrito. Firme como un veredicto o una condena. También guardo algunas alegrías, claro está, pero menos. Me gustaba mucho nadar, de eso también me acuerdo, y pasase lo que pasase la voz de mi madre, a menudo cantando boleros o valsecitos peruanos, me tranquilizaba muchísimo. Pero bueno, esta vez estaba en mi cama, y así a simple vista no se veían golpes ni heridas ni me dolía el cuerpo como si me lo hubiesen estirado en una de esas mesas de tortura medievales, que es como me siento después de cada uno de esos ataques. Esta vez parecía tratarse nada más que de otra de las habituales resacas mortales.

Me senté en la cama y me encendí un cigarrillo mientras el teléfono sonaba y sonaba y sonaba. Al final lo cogí.

—¿Qué pasa?

—¿Cómo que qué pasa? ¿Eres el tío más tonto del mundo o qué? Hemos quedado, bonita.

Chino me llamaba siempre bonita o tontita, no lo he mencionado antes porque me ponía enfermo.

Yo sólo dije:

—¿Qué hora es?

—Hora de que te des una puta ducha y te vengas para aquí.

Colgué el teléfono. Chino tiene ese don, te dice que vayas y vas, hay gente que hace con uno lo que le da la gana, y Chino es uno de ésos. Hay otra gente que no consigue nunca hacer con los demás nada que los demás no quieran hacer.

Me pregunto si los que sencillamente obedecemos no somos en realidad peores que los que comandan; al fin y al cabo, éstos asumen responsabilidades que nosotros preferimos evitar. En fin, como estaba solo en casa salí de la cama y me fui desnudo hasta la cocina, hasta que me di cuenta, claro. Me gusta dormir desnudo en verano, pero no andar desnudo por casa, aunque esté solo, así que volví a mi cuarto a ponerme los pantalones vaqueros. Rebusqué un poco entre la montaña de ropa hasta encontrar unos más limpios. Lo tenía todo un poco hecho un asco, pero me juré ordenarlo antes de que Luciana volviese del pueblo. No me gusta darle más trabajo del que ya tiene. Siempre llevo vaqueros en verano, por mucho calor que haga; no soporto los bermudas, ni los mil rayas, ni esa moda de puerto deportivo que llevan casi todos mis amigos aunque estén en

Madrid, a cientos de kilómetros del mar. No tengo barco, y es mejor no pretenderlo. Tampoco soporto el aspecto de esos otros que se las dan de finos y se visten de caza para ir a tomar el aperitivo, con plumas en los sombreros y todo. Ni la ropa de golf, ni ninguna moda en realidad. Salvo la ropa de tenis, mientras se juega al tenis. Tampoco me gustan los que visten de tontos aposta, como si los vistiera su madre para ir a misa. Ni los que no se molestan en vestirse para parecer más leídos y llevan siempre el mismo jersey aunque haga bolas. Creo que me he liado un poco con estos asuntos del vestir, que en realidad no me interesan nada. El caso es que me puse los vaqueros y una camiseta blanca y a correr.

Me tomé un café, me di una ducha, me puse más o menos lo mismo que llevaba antes de ducharme y me dirigí a ver a Chino sin demora, tal y como él me había ordenado. Bajo el agua fría soñé por un segundo con rebelarme, pero finalmente preferí guardar mi heroicidad para causas mayores. Imagino que cuando sea viejo dejaré de oponer unos actos insignificantes a sus contrarios, como si estuviera tomando graves decisiones. Imagino que cuando envejezca me reiré de lo irrelevante que es ahora todo lo que hago, o no hago, y de todo lo que pienso o dejo de pensar. Dios lo quiera.

Al llegar a casa de Chino, lo primero que hizo fue darme un vodka helado. Le encanta helar vodka y beber chupitos de whisky de malta y hacerse el sofisticado. Chino se cree que es lo más de Madrid. O del mundo entero.

A Chino le vuelve loco que todos piensen que cada cosa que hace es muy especial, aunque sea lo más vulgar o esté todo copiado de las películas. Su padre es muy rico y tiene mil negocios, y a su madre más o menos le da un poco igual todo. Quiere muchísimo a Chino, pero siempre tiene bodas y cosas importantes que hacer en Suiza y sitios así.

Ahora todo el mundo va a pensar que por eso Chino es como es y que por eso pasó lo de la camarera, pero no tiene nada que ver. Supongo que los padres de Chino son muy buena gente y los míos también, o lo mismo por dentro somos todos unos canallas, yo qué sé. A veces pienso que no hay que contar demasiado, porque entonces la gente se hace unos cálculos absurdos y se cree que lo entiende todo cuando en realidad no entiende nada.

Nos bebimos unos cuantos vodkas y Chino no paró de decir lo poco que le apetecía ir a la fiesta de Gini, y lo aburrida que era Gini, y lo feas que eran todas sus amigas, y que por otro lado a lo mejor había que ir un rato porque con suerte iba Laura, que era la mejor amiga de Gini y que a Chino le encantaba aunque él hacía como que no, porque a Chino le daba rabia que Laura fuese la única que no le hacía ni caso.

—Seguro que va Laura, ¿no? La verdad es que la niña esa me da cien patadas.

—Creo que estaba en Comillas, pero que viene exprofeso.

A veces digo cosas como exprofeso para joder a Chino, porque creo que no sabe lo que quieren decir.

—¿Entonces viene?

—Sí, viene seguro. Me lo ha dicho Gini.

—No trago a tu prima.

—Ya.

—Pero Laura está muy bien, aunque no puede ser más idiota. En fin, podríamos ir, tampoco creo que haya mucho más que hacer.

—Yo voy a ir, se lo he prometido a Gini.

—Qué cagón eres, bonita.

Eso es lo otro que le chifla a Chino, insultar sin venir a cuento. Se cree que es de superbuén amigo estar insultando todo el tiempo. Sobre todo sin venir a cuento.

—Mira que detesto a tu prima, y a todas sus amigas, incluida la boba de Laura, pero supongo que tendré que ir. No puedo dejar que vayas solo y hagas el ridículo.

—¿Qué te hace pensar que haría el ridículo?

Ni se molestó en contestar; se limitó a reírse exageradamente, como los actores malos en el teatro. Conste que al teatro sólo he ido dos veces, con mi madre, pero me pareció muy raro que los actores hicieran como que andaban y como que se reían, en lugar de andar y reírse de verdad.

Antes de salir, ya con unos cuantos vodkas encima, Chino se empeñó en enseñarme su nueva escopeta.

—Espera, bonita, que te va a encantar.

Se fue al mueble de las armas y volvió con una Remington de repetición.

—Me la he comprado yo solito, para ir con mi padre a cazar osos en los Cárpatos las próximas Navidades.

Era una escopeta preciosa, pero lo cierto es que cuando alguien me enseña sus cosas no me impresionan nada porque sé que no son mías. Como cuando alguien te enseña a su novia, en persona o en foto, o su coche, o su moto, o su Rolex, y te da igual porque no tiene mucho que ver contigo, ni lo puedes tocar.

Lo que no sabía entonces era que esa escopeta sí tenía que ver conmigo, y que iba a disparar muy cerca de lo mío.

Ahora me doy cuenta, pero claro, todos somos muy listos un año después.

La distancia entre lo sucedido y lo contado sólo se conoce demasiado tarde.

Chino dejó la escopeta sobre el sofá.

Le pregunté si estaba cargada.

—A ti qué más te da.

—Podría cogerla alguien y tener un accidente.

—La casa está vacía, la asistenta no viene hasta el lunes. No la va a coger nadie, no seas tan cagón.

—¿Y tu hermana?

—Mi hermana está en Mallorca tirándose a algún imbécil.

A Chino no le caía bien su hermana Isabel, que por cierto era un encanto. A Chino sólo le caía bien Chino.

—No está cargada, panoli, ¿te crees que soy idiota? Anda, vamos a tomar algo. Si hay que ir a esa estúpida fiesta, necesito estar muy borracho.

Salimos de la casa, que no sé si lo he mencionado antes pero era enorme, y bajamos al garaje. Su padre tenía dos coches, un Porsche 911 y un Mercedes 420 SE nuevecito, el otro lo estrelló Chino, como ya he contado, un coche de esos de ministro, y su madre un Range Rover todoterreno gigante, de los que usan las madres ricas para ir a la peluquería. El hermano mayor de Chino, Carlos, que era el más sensato de la familia, tenía un Polo, un pequeño utilitario blanco de lo más normalito. Carlos era dos años mayor que Chino, había acabado biología y estaba haciendo un postgrado en Canadá, a las afueras de Montreal. Jugaba al rugby y me caía muy bien, mucho mejor que Chino.

Chino cogió las llaves del Polo de un panel de madera que había en la pared.

—Con éste llamaremos menos la atención.

Chino no tenía carnet, le daba pereza sacárselo, aunque la verdad es que conducía muy bien. Yo ni siquiera sé conducir, pero me doy cuenta cuando alguien sabe lo que se hace tras el volante. Mi padre, por ejemplo, conduce como un chófer profesional (nunca he ido en un coche con chófer, pero me imagino que conducen así de bien). Mi madre en cambio conduce como una loca y siempre te echa a ti la culpa de todo, como si tu sola presencia la distrajera muchísimo. Se imagina que si fuese sola en el coche conduciría mucho mejor, como Niki Lauda, no te jode.

Por cierto que vi de pequeño el accidente de Niki Lauda en televisión, cuando casi se mata en Nürburgring, y hay que ver cómo le quedó la cara al pobre, y eso que no iba yo en el coche molestándole. A lo mejor a él lo que le ponía nervioso era James Hunt. Vete tú a saber lo que pone nerviosa a mi madre.

Cuando se abrió la puerta automática del garaje, Chino puso la música muy alta y arrancó. A Chino le gustaba llevar la música a todo volumen cuando conducía, para evitar tener que hablar conmigo, supongo. Tampoco es que me importase; casi todo lo que decía me aburría o me enfadaba, por más que yo sonriera todo el rato. Tengo la mala costumbre de sonreír como un tonto cuando algo me molesta, me pasa desde párvulos.

Llegamos a López de Hoyos y Chino se tiró sus buenos diez minutos buscando un sitio para dejar el coche a pesar de que Madrid estaba vacío. Se preocupaba mucho de aparcar correctamente para no tener problemas, al fin y al cabo no tenía carnet, y después de haber estrellado el coche de su padre no quería más líos. Yo no he dicho que fuera tonto, sólo he dicho que era insoportable.

Entramos en el Vips. Siempre íbamos al Vips de López de Hoyos a tomarnos un par de cervezas antes de hacer lo que se suponía que teníamos que hacer. Mirábamos las revistas de chicas y las de coches y las de armas. En realidad las miraba él. Bueno, eso no es del todo cierto, las de chicas las mirábamos los dos, las de coches y armas sólo él. No es que no me gusten los coches o las armas, es que algo me dice que nunca tendré dinero para comprar ninguna de las dos cosas, así que para qué. Tampoco creo que tenga nunca dinero para llevar a una chica a cenar a un buen restaurante como es debido, pero con las chicas, ¿quién sabe? Puede que a pesar de eso tenga suerte. Ya la he tenido con alguna.

Hojeamos un rato las revistas y los libros, no compramos nada, y nos fuimos derechos a la cafetería.

Como siempre, nos sentamos frente a la barra, lejos de las señoras que van por la tarde a merendar tortitas con nata. No es que hubiera muchas, siendo agosto, pero alguna había. Nada más sentarnos Chino empezó a tamborilear en la barra con los dedos de una mano, como si ya estuviera harto de esperar. Chino odiaba esperar. Tenía mucha prisa para algo que nunca supe lo que podría ser.

Yo estaba intentando quedarme sentado muy serio, para que se notase que ni me quejaba ni tenía prisa alguna, cuando al fondo de la barra vi a la camarera más guapa que se hubiera visto nunca en el Vips. Puede que fuese incluso la camarera más bonita que se hubiera visto nunca en ningún sitio, o al menos la mujer más especial que yo había visto hasta entonces, quitando a Gini.

No parecía española, debía de ser colombiana o venezolana o ecuatoriana o de por ahí. Era pequeña, pero tenía un cuerpecito precioso, y sus brazos y manos se movían como si tuvieran vida propia y quisiesen viajar por su cuenta. Debía de tener al menos dieciocho, ya que estaba trabajando, pero podría haber pasado por quince o dieciséis. Una monada. Las chicas guapas siempre han sido mi debilidad; se puede suponer que nos pasa a todos, pero eso no es del todo cierto, porque hay tíos que son más de cuerpos que de caras. Yo soy más de caras bonitas. Sé que eso no me hace ni mejor ni peor, pero es así. También mentiría si dijera que estoy como para elegir.

Chino seguía dando palmaditas en la barra cuando también la vio.

—¡Preciosa, tráenos ahora mismo dos cervezas, antes de que llegue la sexta glaciación!

Chino se creía muy salado cuando decía cosas como ésa. Se creía Woody Allen o algo. Pensaba que todo el mundo se iba a morir de la risa.

La chica no dejó lo que estaba haciendo y siguió atendiendo sus comandas, aunque hizo un gesto con la cabeza que decía a las claras que nos atendería en breve, pero sin correr como una loca cada vez que un niñato gilipollas se pusiera a dar palmaditas sobre la barra.

Me gustó de inmediato, y me temo que a Chino también. Los tipos como Chino están tan sobrados que cuando una chica los hace esperar se interesan el doble. Odio cuando a los dos nos gusta la misma chica, porque pienso que siempre se la va a llevar él. Soy un poco inseguro con estas cosas, sobre todo cuando voy con Chino. No es que me tenga por un cero a la izquierda, pero la experiencia me ha demostrado que en estos asuntos casi siempre gana él. Las chicas de nuestra edad se suelen acostar con el tío que peor las trata, aunque luego digan que lo odian. No sé por qué es así, pero así es. Quiero imaginar que con las mujeres será distinto, no lo sé, ojalá. En realidad no sé nada de nada, sólo que pienso que muchas veces tengo la sensación de ser la única persona en este mundo que de verdad me importa y no acabo de saber qué hace todo el resto de la gente aquí. Y entonces me da igual que me ignoren, por más que luego, al rato, me sienta un completo idiota y piense justo lo contrario: que el único que sobra soy precisamente yo.

¿Me pasa sólo a mí? Lo dudo.

En realidad da igual, ni siquiera sé con quién estoy hablando.

Cuando terminó con las pocas mesas que había ocupadas, la chica se acercó por fin. Mientras tanto, ni Chino ni yo dijimos nada, nos limitamos a seguirla con los ojos. Daba gusto verla, tenía una extraña elegancia y sabía bien lo que se hacía. No sé si le sucede a todo el mundo o si de nuevo es cosa mía, pero a veces veo cosas que me parecen recuerdos. No me refiero al clásico *déjà-vu*, sino a memorias exactas del futuro plantadas como ciruelos en el presente. Es muy raro. Recuerdos avanzados o fantasmas del futuro. Profecías revisitadas. Vaya usted a saber. O puede que no sean más que el clásico *déjà-vu*, y que al final me dedique a darle más vueltas de las necesarias a todo para hacerme el interesante.

Como decía, al ratito volvió tras la barra y se acercó.

—¿Habían pedido cerveza?

—Eso es —dijo Chino—. Dos jarras grandes y heladas, por favor.

Chino puso la mejor de sus muchas sonrisas, y yo traté de ver si a pesar de eso ella me miraba; es decir, traté de ver si de alguna manera reparaba en mí, aunque fuese con el rabillo de sus preciosos ojos negros.

Sin éxito.

Al lado de Chino, y creo que esto ya ha quedado más que claro, con frecuencia me sentía como el hombre invisible. Aunque a veces creo que lo digo sólo por hacerme, tarde y mal, el especial. Todos los idiotas queremos sacar petróleo de ese mismo pozo seco. Creo que se llama arrogancia invertida.

Yo en general me odio a mí mismo casi todo el tiempo.

Puede que sin Chino a mi lado, también. O a lo mejor sólo quiero imaginar que me odio. Otra vez arrogancia invertida.

A los diecisiete años te sientes invisible casi siempre, supongo que es porque esperas de ti más de lo que sabes que puedes conseguir.

La camarera se alejó muy disciplinada a por nuestras jarras de cerveza heladas. Cuando haces algo, lo que sea, mil veces al día, todos los días, te acaba resultando normal, por absurda que sea la tarea.

Al verla venir de vuelta con las jarras, como una de esas mujeres alemanas que anuncian el Oktoberfest, pero morena y mucho más delicada, me di cuenta de cuánto me gustaba y quise pensar que esta vez me miraba. Puede que me lo imagine ahora y que en realidad nunca sucediera, porque cuando una mujer preciosa te mira, y hasta cuando crees que te mira, te mareas y dudas si estás viendo lo que ves o si sólo quieres imaginarlo.

Conste que no he querido dar a entender que las mujeres alemanas del Oktoberfest no sean delicadas o preciosas, de hecho nunca he estado en el Oktoberfest, sólo lo he visto en la televisión, y la verdad es que no tengo nada contra esas mujeres, ni contra ninguna para el caso; sólo quería dejar claro lo mucho que me gustaba esa camarera colombiana, venezolana, ecuatoriana o algo así, y en ningún caso despreciar la belleza, también exótica, pero diferente, de la mujer bávara.

Mientras yo me hacía el interesante, sin saber si ella se daba cuenta o no, Chino ya empezaba a echar las redes.

—No puedo creerme que trabajes aquí de camarera.

—¿Y eso? —preguntó ella muy resuelta.

—Porque deberías ser la dueña, o mejor aún, la reina. La reina del Vips.

Ella se rio, muy coqueta, y se giró fingiendo que seguía con su trabajo como si nada. Pero antes de llegar al final de la barra se volvió a girar, la muy ladina, y le soltó una miradita más a Chino.

A mí, como me temía, y a pesar de mis patéticas ilusiones, ni me había visto. Hay que joderse. Empezó a caerme fatal, porque se reía como una tonta con las cursiladas de Chino y porque no me hacía ni caso.

Nos terminamos la cerveza en silencio, y de pronto no se me ocurrió otra cosa que tratar de sacar a Chino de allí lo antes posible. Sé que no es de buen amigo estropearle el plan a alguien sólo porque eres un envidioso y un amargado, pero debo decir en mi defensa que soy muy envidioso y que esa tarde estaba especialmente amargado.

—Habrá que ponerse en marcha si queremos llegar a la fiesta antes de que se acabe lo bueno.

Lo dije mientras me levantaba y sacaba ya el dinero para pagar. Chino me miró como si estuviera viendo a un marciano, uno muy enano.

—¿Tú eres absolutamente tonto o qué te pasa?

Como me sentí cazado haciendo el ridículo más espantoso, volví a sentarme y guardé la cartera.

—En toda tu puta fiesta no va a haber una chica mejor que ésta. ¿Por qué no te vas tú y me dejas a mí en paz?

—No sé conducir.

Sé que fue una respuesta estúpida, pero no se me ocurrió nada mejor. Y además era verdad, no sé conducir, ya lo he dicho, ni ganas. Mi madre trató de enseñarnos dando vueltecitas por las calles tranquilas de nuestro barrio residencial, y lo cierto es que tan mal no se me daba. Pero mi hermano, que es más mayor, era un desastre; se asustaba y se ponía muy tenso y empezaba a gritar, algo que hace siempre que está nervioso. Así que al final lo dejamos. A mí me dio no sé qué, siendo el pequeño, hacerlo mejor que él, y nunca lo he vuelto a intentar.

—Pues te coges un taxi, bonita. Yo no soy tu chófer.

Tenía que tratar de recuperar algo de dignidad lo antes posible, así que levanté dos dedos hacia la camarera y con falsa seguridad le dije:

—Dos cervezas más, por favor, y una carta.

Mis errores me iban a costar un buen dinero. Siempre es igual en la vida: quien se equivoca paga. Volví a poner la cartera sobre la barra y a cambio recibí por fin una sonrisa de Chino. Esas preciosas sonrisas que nunca daba gratis.

—Eso está mejor, tontita.

La verdad es que, si algo bueno tiene Chino, tal vez lo único bueno (pero es mucho), es que no es nada rencoroso. Se olvida de todo en un segundo. Yo, en cambio, lo guardo todo una eternidad, aunque no sé si por rencor o por tener algo en que pensar mientras me aburro. Simplemente lo guardo, como si cada cosa fuese importante, aun sabiendo (no soy tonto) que nada importa. Todavía tengo juguetes guardados, y cromos de álbumes sin terminar, y postales con sello que ni siquiera llegué a mandar. Mi prima Gini se ríe mucho con esa manía mía de guardar por guardar. Dice que soy un viejo con pantalones cortos. Evidentemente no llevo pantalones cortos, ni bermudas siquiera, ni en verano, es más, odio cualquier pantalón que no llegue a los zapatos, pero entiendo la metáfora. Gini es muy de metáforas, como lee tanto...

Mientras yo trataba de guardar lo apenas sucedido, con rencor o sin él, Chino ya estaba otra vez de cháchara con la camarera bombón. Y he de decir que no porque él se pusiera especialmente pesado, sino porque ella estaba encantada. Alguna vez, aunque sólo fuese durante media hora, me gustaría vivir dentro de Chino, para ver la vida como la ve él. Siempre llena de mujeres preciosas dispuestas a hacerte caso a la mínima. Debo reconocer que, teniendo en cuenta lo bien que se le daban las mujeres, no era tan mal tío. Habría que ver a otros, a mí sin ir más lejos, en su piel.

Chino abrió la carta y se pidió una hamburguesa gigante y un brownie con helado de vainilla. Ésa es otra, Chino puede ligar y comer al mismo tiempo, a mí el amor me quita el hambre.

Como no sabía muy bien qué hacer y no tenía hambre por las razones ya expuestas, me pedí un whisky sin hielo, para acompañar la cerveza. Chino lo hace todo el tiempo y a la gente le parece el colmo de la sofisticación. Pensé que iba a quedar como un tío muy interesante y muy maduro, pero la camarera me miró como si fuera un completo imbécil. Así por lo menos fue como me sentí, aunque a lo mejor me miraba pensando en otra cosa, o sin pensar en nada. Malditos complejos.

Chino (menuda sorpresa) ni se enteró; estaba tan ocupado con su conquista que podría haberme pedido medio canguro a la brasa, que no me hubiese prestado la más mínima atención. Ahora reconozco que no fue muy buena idea tratar de impresionar a la camarera, a mí mismo y a Chino de una tacada, copiando, y de manera forzada, precisamente lo que Chino hacía con toda naturalidad. En general, copiar a Chino (o a cualquiera, para el caso) suele ser una mala idea y un síntoma de profunda debilidad. Claro que si uno es profundamente débil qué le va a hacer.

Siempre hay un sabio en no sé qué libro, un Yoda o un gurú, que te dice que mires dentro de ti mismo y utilices tus propios recursos, pero si cuando miras hacia dentro no ves gran cosa, olvídate de recursos propios, no queda otra que improvisar, o copiar.

En fin, que me bebí mi whisky y mi cerveza mientras los otros dos se hacían carantoñas, ya con tan poco disimulo que eché en falta a un encargado que apareciese de pronto y regañase a la camarera por su más que evidente falta de profesionalidad y luego nos sacase de allí de mala manera. Pero desgraciadamente era agosto y la cafetería estaba medio vacía, y mucho me temo que hasta mi encargado imaginario estaría de vacaciones en la playa.

—¿Y a qué hora dices que sales? —preguntó Chino, a pesar de que la chica no había mencionado nada al respecto.

—Termino el turno en cuatro horas.

La preciosa venezolana, o de donde fuera, tampoco se hacía mucho de rogar.

—Okey, te recojo en la entrada, te prometo que lo vamos a pasar bien. Y cuando digo bien, quiero decir champán y lo que te apetezca, todo incluido. Ahora nos tenemos que ir a una fiesta, pero es un coñazo de fiesta, así que no te preocupes, dejo a éste, me tomo algo y vuelvo.

Éste, claro está, era yo, y si hubiese tenido algo de dignidad, al escuchar eso me habría levantado, habría mandado a la mierda a Chino y me habría ido solito a la dichosa fiesta de Gini, en taxi si hubiera hecho falta, aunque me dejase lo poco que tenía en el viaje (ya encontraría allí a alguien que me bajase de vuelta a Madrid); o mejor, me habría olvidado de la fiesta y me habría puesto a caminar por la Gran Vía haciéndome el triste, o me habría ido a casa o a freír puñetas, o a donde me hubiera dado a mí la gana. Pero el caso es que ni me levanté ni dije ni mu. Metí la cara en lo que quedaba de cerveza, y en el fondo de la jarra creí ver el reflejo de un completo imbécil.

La cosa no acabó ahí. La linda ecuatoriana, ya he dicho que no sé de dónde era (aunque estoy casi seguro de que era venezolana), y lo cierto es que cada vez me importa menos, miró alrededor para asegurarse de que nadie la veía y le dio un besito en los labios.

Puede que nunca haya odiado a nadie en toda mi maldita vida como odié al cretino de Chino en ese momento.

¿Y cómo reaccionó él? Como era de esperar, conociendo a Chino como yo lo conocía: se quedó frío como un carro de polos, apuró su besito lo que pudo (creí ver la puntita de su lengua y todo), se levantó, me miró como quien mira a un criado y, ya marchándose, dijo:

—Paga éste.

Así que pagué la cuenta y, sin esperar el cambio, seguí al gran casanova hacia la salida.

De pronto la escuché a mi espalda.

—¡Oye!

Me giré.

—¿Cómo se llama tu amigo?

—No es mi amigo. Creo que le llaman Chino. ¿Y tú?

—Fernanda. ¿Y tú?

—Yo no tengo nombre.

—Ah...

No sé por qué dije esas cuatro tonterías seguidas, pero lo cierto es que las dije. Al menos le pregunté su nombre. Y ya sabía más de ella que el memo de Chino.

Podría haber contado esta historia de otra manera, salvándome a mí mismo como suele hacer la gente. Pero ¿qué sentido tendría?

Dicen que el hombre que se representa a sí mismo tiene un loco por abogado. ¿Cómo llamar entonces a quien simplemente se delata?

En el coche, de camino a Aravaca, apenas cruzamos palabra. Yo estaba demasiado enfadado y humillado, y él, supongo, demasiado contento y orgulloso. Sucede con frecuencia que dos que viven algo juntos no sólo no viven lo mismo, sino que viven justamente lo contrario. No es culpa de nadie, imagino que Dios se ríe muchísimo con estas tonterías.

La música, como siempre, a todo volumen, y no muy buena.

Llegando al kilómetro 10 de la carretera de La Coruña, Chino por fin abrió la boca.

—Te jode, ¿verdad?

Hice como que no lo había escuchado.

—¿Qué...?

—Ya... Tú hazte el sordo, bonita. ¿De verdad crees que va a ir Laura?

—Seguro, pero pensé que acababas de quedar con otra.

—Hay tiempo para todo, si te organizas.

Cuando llegamos a casa de mi prima Gini ya había algunos coches aparcados fuera. Evidentemente, mis tíos no estaban. Mi tío es capitán de petrolero y no está casi nunca, y mi tía creo que es funcionaria o algo así y pasa los veranos en Nerja con mis primos pequeños.

Aparcamos con cuidado. Chino quería asegurarse de que ningún idiota le tapase la salida. Después fuimos caminando hacia la casa, que no era un chalet de lujo sino uno de los viejos semiadosados que aún quedan de antes de que el extrarradio de Madrid se pusiera de moda, una casita de pueblo con dos pequeños jardines (o más bien parterres) delante y detrás, y sin piscina.

La música se oía desde fuera, canciones de moda, de esas que suenan por la radio todo el día hasta que terminas odiándolas, las mismas que escuchaba Chino todo el tiempo. Pero, en fin, no estábamos allí por la música, en realidad no sé muy bien por qué estábamos allí. En mi caso, supongo que por ver a Gini, aunque una fiesta era la peor ocasión para verla. Cuando te llevas bien con alguien siempre es mejor estar solos que rodeados de personas con las que en realidad no tienes mucho que ver. Además, cuando tienes que compartir a la gente a la que quieres te pones celoso, a mí al menos me pasa. Teniendo en cuenta que encima ella era la anfitriona, tampoco le iba a quedar tiempo de sobra para hacerme mucho caso. Nada más llegar empecé a pensar que no tenía que haber ido, pero ya era tarde. Ya estábamos entrando, y Gini agitaba una mano desde el jardín mientras terminaba de poner platos con queso y patatas fritas en una mesa de hierro, bajo un castaño. Sé que es un castaño porque ella me lo dijo hace mucho, cuando jugábamos a escalarlo y nos hacíamos ilusiones de construir una cabaña que luego nunca hicimos.

Estaba guapísima, y por una vez me saludaban a mí primero y no a Chino. Llevaba un vestidito estampado con flores muy elegante, o eso me parecía a mí, que desde luego no soy un experto en moda. De lo que sí me daba cuenta era de que Gini no vestía como la mayoría de las chicas, que van todas iguales, sino que tenía su estilo propio, sin fijarse en las cantantes o las actrices famosas, o las revistas, o en lo que sea que miran casi todas las otras para acabar pareciendo la misma.

Tampoco quiero exagerar con lo guapa y elegante que es mi prima, simplemente me caía muy bien y yo a ella, y supongo que por eso la veía tan especial.

—¡Hola, primito!

Ésa era Gini, que, por alguna razón que se me escapa, siempre estaba muy contenta de verme y se ponía muy nerviosa y agitaba las manos de manera muy exagerada, como si yo fuese lo mejor que le había pasado en la vida.

Chino, como era de esperar, no dejó escapar la ocasión.

—No sé qué ve en ti la tonta de tu prima —comentó.

No le honré con una respuesta; me limité a sonreír a Gini, moviendo a mi vez la manita como un pazguato.

—Deberías tirártela. Seguro que ella por lo menos se deja.

Lo cierto es que Chino, cuando quería, podía ser muy gracioso.

Sólo que no tenía ni puta gracia.

Gini se acercó trotando a la entrada del jardín y me dio un abrazo tan fuerte que pude sentir su pecho contra el mío. Traté de borrar el comentario de Chino de mi cabeza pero, si he de ser sincero, no lo conseguí.

Mi gran amigo pasó de largo sin saludar a mi prima y se fue derecho hacia un cubo de metal lleno de cervezas que flotaban apiñadas en hielo. Sacó una y se metió en la casa.

—No sé por qué sigues yendo con ese idiota.

Eso me lo dijo Gini mientras tratábamos de librarnos de nuestro extrañamente amoroso y poco familiar abrazo.

—No tengo muchos más amigos.

—En dos segundos podría presentarte a diez mil personas un millón de veces más interesantes, y lo sabes.

—Tus matemáticas me superan, Gini. Vamos a beber algo.

—¿Sabes qué? Puede que retrase lo de París un año, pero no le digas nada a nadie.

—¿Qué? Pero si llevas dos años preparándolo, era tu máxima ilusión... No entiendo nada. ¿Y entonces, esta fiesta?

—Ah, la fiesta es sagrada, y además ya estaba convocada. Siempre es bueno dar una fiesta, aunque sólo sea para verte, y además cambié de idea anoche, y como comprenderás ya era muy tarde para llamar a todo el mundo. Además no hay nada más feo que desconvocar.

—Demasiados ademases, explícate un poquito mejor. ¿Anoche? ¿Qué narices pasó anoche?

—Me enamoré. Luego te cuento.

—¿Luego me cuentas? ¿Estás loca? ¿Cómo que te enamoraste, y de quién? ¿Lo conozco, está aquí? ¿Va a venir tu supuesto amor hoy?

—Demasiadas preguntas, cielo, y las preguntas son aún más feas que los ademases. Ya tendremos tiempo de hablar... Y sí, puede que venga. Aunque por otro lado no creo.

Dicho esto se quedó en silencio, muy seria, como dando a entender que por el momento no iba a decir nada más. Le dio un traguito a una cerveza y la dejó sobre la mesa de jardín. Después me dio un beso en una mejilla y se alejó diciendo:

—Aún me queda mucho que hacer, y la gente ya está llegando. Luego te cuento mi maravillosa historia de amor.

Me quedé en el jardín-parterre como un bobo, rodeado de media docena de personas que como mucho me sonaban pero a quienes desde luego no conocía, mirando la cerveza que había abierto Gini para luego no bebérsela. Odio cuando en las fiestas la gente hace eso, porque se calientan y al final de la noche, cuando ya no queda nada de beber, te encuentras con un montón de latas medio llenas, calientes y a menudo envenenadas con colillas que ya no sirven para nada. Bueno, en realidad no estaba pensando en eso, y me importaba un bledo que la gente se bebiese o no sus bebidas o apagase sus cigarrillos en las latas o en las malditas alfombras. No lo admitiría delante de ella ni bajo tortura, pero he de reconocer que lo que sentía y en lo que pensaba era en esa extraña puñalada de celos que no sabía muy bien de dónde venía pero que no podía evitar sentir, clavada en la espalda y atravesándome de lado a lado hasta el mismísimo corazón.

Gini había salido con algunos chicos, pero nunca le había oído pronunciar la palabra amor. Además, estaba como loca desde hacía tiempo con irse a París a estudiar ciencias políticas, y no me imaginaba qué clase de tío podría hacerle cambiar de idea en una sola noche. Tampoco me apetecía especialmente ponerme a imaginar qué clase de noche podría haber sido ésa. Me daba rabia tener que darle la razón a Chino, pero puede que estuviese un poco colgado de mi prima, puede que siempre lo hubiese estado. Cuando éramos pequeños ya era mi prima favorita, y no sólo porque fuese la más mona sino porque era la única con la que se podía hablar, o al menos la única con la que yo quería hablar, y después, con el tiempo, se había ido haciendo cada vez más interesante, y la verdad es que ahora mismo, en ese preciso momento en que me acababa de confesar que se había enamorado, era lo único que me interesaba en el mundo, a mi pesar. Me entraron unas ganas enormes de salir de allí, de largarme sin despedirme de Chino, ni de Gini, ni de nadie. Pero también me dieron unas ganas horribles de verle la cara al donjuán ese que había desmantelado en una sola noche los planes que tan cuidadosamente había elaborado mi prima durante los dos últimos años. Gini no es una chica impulsiva (de hecho lo planea todo hasta la extenuación), así que el muchacho en cuestión debía de ser un adonis. De pronto me asaltó la duda, que fue enseguida sustituida por una certeza, de que no se trataba de un tío de nuestra edad sino de un hombre. Ninguno de los idiotas que yo conocía de nuestra edad, incluido yo mismo, habría sido capaz de torcer la férrea voluntad de Gini en una sola noche. ¿Qué hombre era ése, qué noche aquélla y qué era lo que habían hecho para que se volviese tan loca de amor de repente? Eso preferí no pensarlo, y sin embargo lo pensaba. Es más, no podía pensar en otra cosa.

Por una vez en la vida agradecí ver venir a Chino de vuelta.

—¿Haciéndote el interesante, tontita? ¿Has visto lo buena que está tu prima esta noche? Joder, si no fuese tan pretenciosa hasta yo me la tiraba.

—Tiene novio, y está muy enamorada.

No sé ni por qué lo dije, aun a sabiendas de que Gini me iba a matar en cuanto se enterase de que lo había contado. Y teniendo en cuenta lo bocazas que era Chino, no había duda de que faltaban escasos segundos para que ella se enterase. Supongo que, al sentirme incapaz de defenderla yo solo de los innumerables atractivos de mi falso mejor amigo, me escondí como un cobarde tras el burladero del fascinante carisma que yo mismo le otorgaba en mi imaginación al amante secreto de Gini. Ese hombre hecho y derecho, y seguramente de inmensa fortuna, que en una sola noche había conseguido seducir a mi prima para siempre.

—¿De qué hablas, tontita? Tu prima no es capaz de enamorarse de nadie. ¡Si ni siquiera me mira! Siempre he pensado que era frígida.

—Pues parece que no. Ayer mismo pasó la noche con él. Creo que es un millonario alemán, y según Gini es un monstruo en la cama.

Y dale. Aun sabiendo que ya no podía estropearlo más, seguía por el mismo camino, protegiéndome de los celos que me provocaba Chino con los méritos y el historial inventado de un amante fantasma que me ponía todavía más enfermo. Si algo pudiese explicar (explicarme a mí mismo al menos) un comportamiento tan profundamente cretino, era que Chino ya estaba allí, al acecho, y el otro, según palabras de Gini, quizá no fuese a la fiesta, lo cual me permitía imaginar (¿soñar?) que incluso era posible que no volviera a verla nunca más. ¿Y quién sabía? Ya puestos a soñar, ¿por qué no soñar que tal vez, en el mejor de los talveces posibles, ni siquiera existía el dichoso casanova alemán millonario, ni nadie parecido?

—Un millonario alemán... De verdad que eres más tonto aún de lo que pareces. Tu prima es una pretenciosa además de una mentirosa. ¿No ves que lo hace todo para que tú me lo cuentes? Hace tiempo que me he dado cuenta de que va detrás de mí. Lleva meses queriendo que me lo monte con ella, pero es demasiado orgullosa como para reconocerlo. Serás panoli... Aún tienes mucho que aprender de las mujeres. En fin, vamos con lo que importa. Hay dos chicas dentro que quiero presentarte. Una de ellas es tan boba que puede que tengas un chance. Luego arreglaremos lo de tu prima.

—Ni se te ocurra decirle nada de todo esto a Gini, Chino. Lo digo en serio. O te lo pido por favor... Te lo suplico, Chino. *Prego...*

—Soy una tumba, ya me conoces.

Chino sacó cuatro cervezas del cubo de hielo y me pasó dos mientras se reía con esa risa tan exagerada que siempre me ponía de mal humor.

—Vamos a divertirnos un poco.

Caminé como un sonámbulo detrás de Chino y entramos en la casa. No sé muy bien por qué lo hacía, pero siempre lo seguía. Creo que ya era una costumbre.

La fiesta, como era de esperar, estaba de lo más animada. Ya he mencionado antes el poder de convocatoria de Gini, pero lo que me sorprendió, y no sé si gratamente, fue que había más conocidos de los que había imaginado. Allí estaban casi todos los idiotas que yo conocía, además de unos cuantos cuyos nombres no era capaz de recordar pero con los que nos habíamos cruzado aquí y allá a lo largo de ese año. Casi todo el mundo termina por aparecer por los mismos bares y las mismas fiestas, al menos casi todo nuestro mundo, si es que se puede llamar así a un grupo heterogéneo de gente sin demasiado en común aparte de un puñado de colegios de pago, clubes de tenis o lugares de vacaciones veraniegas más o menos de moda, algunos de ellos incluso estaciones de esquí. Aunque, como ya he dicho, yo de esquí no sé nada.

También había algún amigo, como Arbeloa, alias Tictac (le llamábamos así por un curioso tic que le obligaba a mover la cabeza constantemente, como el péndulo de un reloj de pared), e incluso Laura, esa chica tan llamativa que a Chino le daba falsamente igual. Y por supuesto estaban esas niñas tan sosas que Chino quería presentarme. No me quedé con los nombres, pero no me parecieron bobas en absoluto, al menos no más bobas que nosotros dos. Una, la que parecía un poco más mayor, era de hecho bastante simpática y no hablaba sin parar de tonterías, sino que preguntaba cosas normales y hasta escuchaba las respuestas.

—Tú eres el primo de Gini, ¿no? Me ha hablado mucho de ti.

Como digo, ésa me cayó bien enseguida. Tanto que pensé en preguntarle otra vez cómo se llamaba (porque al principio, cuando me presentan a alguien, sobre todo a una mujer, siempre se me escapa el nombre), pero luego me dio vergüenza por si se lo tomaba a mal.

—Gini dice que eres su primo favorito.

—Gini me tiene mucho cariño, aunque no sabría decirte por qué.

—Algo tendrás; tu prima es todo menos tonta. Me da una envidia... Irse a París a estudiar, imagínate, menuda suerte. Claro, que se lo merece: es la única que parece esforzarse por estudiar y por ser algo más que un vago que presume de vivir a costa de sus padres, o una niña mona buscando un buen partido.

—Es verdad que se lo merece, y también es verdad el resto de lo que has dicho.

Empecé a arrepentirme seriamente de no preguntarle su nombre, pero cada segundo que pasaba se me hacía más difícil, así que me limité a seguir bebiendo mi cerveza en silencio. Mientras tanto, Chino ya estaba tonteando sin disimulo con la otra, asegurándose de que Laura se diese cuenta. Pensaba que ella se iba a morir de celos, ya que ni se había molestado en saludarla a pesar de que apenas nos separaban unos metros del otro lado del salón donde estaban ella y mi prima, tronchándose de la risa, sin mirarnos siquiera. Dejando bien claro el mensaje, apenas cifrado, de su desprecio.

—Me he traído el bañador —dijo entonces, muy alegre, la chica que estaba con Chino.

No pude evitar inmiscuirme:

—Pues aquí no hay piscina.

Chino me miró como si quisiese estrangularme.

—Y qué más da... Me encantaría vértelo puesto —y la tomó por la cintura como un galán de película de serie B y se la llevó hacia la escalera que conducía al piso de arriba.

La que estaba conmigo la miró un poco avergonzada.

—No es mi amiga —dijo—. La he conocido aquí.

—Yo a él tampoco lo conozco mucho.

No me sentí muy orgulloso de mentir tan descaradamente, pero tampoco puedo decir que me sintiese demasiado arrepentido; Chino también me la jugaba cada vez que podía. Nuestra relación no estaba basada precisamente en la lealtad. Ni siquiera tenía muy claro por qué andábamos siempre juntos.

En eso me percaté de que tenía a Gini y a Laura a mi espalda.

—¿Dónde ha ido tu mejor amigo? —me preguntó mi prima.

Me di cuenta de que me estaba comportando como un completo imbécil, y no se me ocurrió otra cosa que escabullirme en busca de más cerveza. Las tres me miraron con cara de pena, como se mira a un niño tonto al que se atrapa con facilidad en una tonta mentira.

Salí de la casa y me senté en la escalera de piedra de la entrada, pensando mucho en mis cosas, que es lo mismo que decir pensando mucho en nada. Supongo que no soy el único a quien le sucede, pero siempre que voy a algún sitio donde hay gente siento que no soy capaz de decir si acaso algo, un comentario, con el que esté conforme, y que nada en mi comportamiento ni en mi conversación se parece a lo que me gustaría haber hecho o dicho. Por eso a veces prefiero quedarme solo en casa, o ir solo al cine, o sentarme solo en un bar (me refiero a cualquiera de esos, de los miles que hay por el centro de Madrid, en los que estás seguro de que nunca te vas a encontrar a nadie). En mi cabeza soy mejor de lo que luego soy en realidad, y cuando digo realidad me refiero al tiempo que pasas delante de los demás, de aquellos que pueden hacer que te des cuenta, al darse cuenta ellos, de lo idiota que eres.

Afortunadamente, al ratito llegó Gini y se sentó a mi lado.

—A mi amiga le has parecido gracioso, pero un poco raro.

—Supongo que lo que le he parecido ha sido un memo, pero es demasiado educada para decírtelo a ti.

—No seas tan duro contigo mismo. Sólo eres un chico tímido y algo confundido...

—¿Cómo se llama?

—Isabel. ¿Te gusta?

—No especialmente... Es simpática, y parece lista.

—No te hagas ahora el exquisito. Es una chica estupenda, está en primero de historia del arte y sabe un montón de cosas. Trabaja de ayudante en una galería muy moderna del centro, para pagarse los estudios, y está tratando de reunir dinero para venirse conmigo a París el año que viene. Pobre, aún no le he dicho nada...

—No vuelvas con esa tontería. ¡Claro que vas a ir! No vas a tirar todos tus planes y tu vida y tu futuro por la borda por culpa de un ligón de pacotilla.

Lo dije tan enfadado que yo mismo me sorprendí.

—Jesús, ni que fueras mi padre... Primero, no es asunto tuyo; segundo, no es un ligón de pacotilla, espera al menos a conocerlo; tercero...

—¡Ni tercero ni puñetas! ¡No pienso conocerlo! No le daría la mano ni cruzaría una palabra con ese cretino ni aunque fuera Nelson Mandela, y si no fueses tan idiota no pensarías en dejar de ir a París a estudiar, que es lo que siempre has querido y para lo que te has matado a trabajar estos años.

—Ay, primito, qué poco sabes del amor. El amor lo cambia todo en un segundo.

—¡Pues que le den al amor! Si el amor te convierte en algo muy distinto de lo mejor que eres, no me interesa. Tú lo tienes todo, Gini, todo para hacer cosas importantes y llevar una vida interesante, y para encontrar en París un millón de tíos mil millones de veces mejores que ese palurdo con el que te has acostado una sola noche y que no te merece ni te merecerá nunca. ¡No pienso quedarme aquí escuchando tus delirios!

Noté que tenía las mejillas encendidas de ira, me levanté de un salto y me fui de nuevo para dentro. Dejando allí a mi prima, que me miraba muy asombrada, sin saber muy bien qué responder por una vez. Ella que se creía tan lista, callada por fin como una boba.

Entré en el salón y no vi ni rastro de Laura, ni de la chica esa tan brillante que estudiaba historia del arte. Saludé sin mucho interés a un par de conocidos y me fui a la cocina a por cerveza. Cogí una bien fría de la nevera y pensé en largarme de allí lo antes posible. Si hubiese tenido dinero para un taxi lo habría hecho, pero la parada de autobús más cercana quedaba a casi media hora andando, así que después de pensarlo mucho decidí tratar de encontrar a Chino. Con suerte él estaría ya tan harto como yo de esa maldita fiesta.

No estaba del todo de acuerdo con que las insensateces de mi prima favorita no fuesen asunto mío, y no pensaba volver a verla o hablar con ella hasta que entrase en razón. Me sentía irritado y horriblemente celoso, aunque esto último me costase reconocerlo, y me daba náuseas pensar en un sinvergüenza aprovechándose de Gini. Puede que yo no supiese gran cosa del amor, ¡pero qué demonios sabía ella!

Me bebí la cerveza del tirón y saqué otra. En la barra de la cocina había un montón de botellas, y me puse un buen medio vaso de whisky sin hielo ni nada. De pronto tenía unas ganas enormes de emborracharme, quiero decir aún más, todo lo posible. Moví los pies por un instante como un pazguato al ritmo de la música, antes de preguntarme qué narices estaba haciendo, y cuando me quise dar cuenta me había terminado ese whisky, y otro, y estaba babeando detrás de Laura. Susurrando tonterías tras su dulce espalda.

—Estoy muy preocupado por Gini.

Sé que tendría que haber empezado la conversación de otra manera porque, a pesar de que estaba ya un poco cargado, no se me escapaba que Gini era capaz de descuartizarme si le contaba a la cotilla de Laura lo que ella me había confesado a mí bajo absoluto pacto de silencio.

—¿Y eso?

Decidí cambiar de tercio.

—Creo que está ganando peso...

—Tú eres idiota.

—Eso también...

—¿Cómo se te ocurre decir que está gorda?

—No quería decir eso... Quería decir que está loca.

—Mira, si no sabes beber no bebas. Pero ni por un segundo pienses que eso te da derecho a venir a molestarme con tus tonterías, y menos aún a insultar a tu prima, que, por otro lado, y sólo Dios sabe por qué, es la única que te soporta.

Entonces hizo un gesto muy exagerado y un poco grotesco, como si me apartase con una mano sin tocarme y con gran desprecio, un gesto que hasta un niño de cinco años habría entendido como falso, y se alejó hacia otro grupo. La verdad es que era muy guapa, y por una vez tenía más razón que un santo.

Seguí allí un buen rato más, entrando y saliendo de la cocina, bebiendo cada vez más, hasta que en uno de mis paseos me topé de bruces con Gini.

Estaba muy seria, o al menos con esa cara que uno pone cuando quiere que los demás piensen que está muy enfadado. No le quedaba nada natural, pero asustaba lo mismo.

—Tengo que hablar contigo —dijo.

Dicho lo cual se encaminó hacia la escalera, tan estirada y fría que me recordó a una estrella de cine mudo cuyo nombre había olvidado. La seguí hasta su dormitorio, qué otra cosa podía hacer. Siempre estoy siguiendo a los demás, como un puñetero corderito, sin saber muy bien por qué. Me gustaría que alguna vez fuese al revés, para variar.

Entramos en el dormitorio y ella se sentó en la cama. Yo me senté a su lado en silencio. Como un niño esperando una regañina.

—Me gustaría que dejases de intentar ser lo que no eres.

—¿A qué te refieres? ¿Qué es exactamente lo que no soy?

—No eres el idiota de tu amigo Chino, gracias a Dios, pero te empeñas en imitarle en todo y resulta muy triste. Al menos para mí. Tú eres mucho mejor que él, mucho mejor que todos esos niñatos que se creen tan hombres. Te conozco de toda la vida y tú no eres así.

—Tal vez me idealizas, como idealizas a todo el mundo y todo a tu alrededor.

—Puede que sí, pero lo dudo; te conozco demasiado bien como para idealizarte. Antes hablábamos de libros, de cosas que queríamos hacer y ser en la vida, y nos reíamos juntos... No sé, estás envejeciendo mal, primito.

Al escuchar eso no pude evitar reírme, y ella cambió por un momento su gesto forzadamente adusto y se rio también.

—Tú ya me entiendes, sólo quiero que no te empeñes en olvidar cómo éramos antes. A lo mejor así yo consigo no olvidarme. A veces yo también me confundo...

—Como con esa locura de haberte enamorado de la noche a la mañana, y dejar de ir a París y toda esa idiotez.

—Sí, supongo que a eso me refiero.

Gini alargó una mano hasta tocar la mía, y al mirarla me di cuenta de que asomaban unas lagrimitas en sus preciosos ojos.

Me acerqué para besarla en la mejilla, y fue entonces cuando se giró y, antes de que pudiese evitarlo, nos besamos en los labios. No fue un beso con lengua ni nada parecido, pero tampoco fue un besito del todo inocente; noté sus labios calientes dulcemente posados en los míos por un largo instante, y cerré los ojos. Luego, al separar los labios, nos miramos. No sé ella, pero yo me di cuenta entonces de que tal vez siempre había estado enamorado de mi prima. Y no me sentí mal, sino todo lo contrario.

Ella se puso en pie.

—Será mejor que bajemos. Un incesto es lo que le faltaba a mi ya dudosa reputación.

Al decirlo volvió a sonreír y yo hice lo propio, dudo que pueda haber alguien en el mundo con quien me entienda mejor que con Gini. Es una pena que sea mi prima, podríamos haber sido tan felices...

Después de aquello, la fiesta tuvo ya poco interés. Cuando bajamos al salón, se había desatado la locura. Todo el mundo bailaba, o se besaba, o se drogaba, o todo a la vez. En medio del salón había un tipo muy apuesto de unos treinta años, vestido con traje y corbata, de lo más elegante, no como un vendedor de planta de caballeros sino como uno de esos actores de las películas clásicas que vuelven loca a mi madre. Gini se fue corriendo hacia él y le besó, no como me había besado a mí unos minutos antes, sino apasionadamente. Después se giró hacia mí y me llamó.

—Ven, quiero presentarte a Filippo.

Había que joderse; encima de apuesto y elegante era italiano, y yo, como un imbécil, me lo había imaginado alemán. Le di la mano, fingiendo mi mejor sonrisa. Él me contestó con una sonrisa franca y verdadera. Para mi pesar, el idiota ese parecía un buen tipo. Gini alargó la presentación.

—Es mi primo favorito, y mi mejor amigo.

Filippo apretó aún más la mano y me miró con verdadero cariño. Sentí náuseas otra vez, pero disimulé lo mejor que pude.

Gini debió de darse cuenta, me conocía demasiado bien como para no percatarse, así que trató, como yo, de disimular. Se inclinó hacia mí hasta rozar mi oreja y me dijo en un susurro:

—No te preocupes, primito. El año que viene vendrás a verme a París.

Después se alejaron juntos hacia el jardín. Lo cierto es que nunca la había visto tan enamorada. En ese momento decidí dejar de ser tan miserable y alegrarme por ella, y también decidí largarme de allí al instante, aunque tuviese que arrastrarme hasta la maldita parada de autobús.

Como si hubiese escuchado mis pensamientos, o mis plegarias, de pronto apareció Chino.

—Aquí está todo el pescado vendido, bonita. Nos vamos, pero ya, y sin despedirnos de nadie.

Aceleró hasta la puerta y una vez más, sin decir nada, yo fui detrás de él como un soldadito obediente. Quien renuncia a todas las causas siempre puede renunciar a una más.

Encontramos el coche, no sin esfuerzo, subimos, puso la música a todo volumen, como siempre, y arrancó. Se había agenciado una botella de ron y, en contra de mi costumbre (odio el ron y sé que no conviene mezclar), bebí ron. Quería olvidarme de todo lo que había sucedido en la fiesta (menos del beso) lo antes posible, o puede que fuese al revés y quisiera olvidarme sobre todo del beso, lo antes posible, o puede que sólo estuviese demasiado borracho para pensar con claridad, o puede, y éste era el más doloroso de los puedes, que tratase de ignorar lo que mi prima Gini había dicho sobre mí, precisamente porque en el fondo estaba más que de acuerdo. De un tiempo a esa parte había abandonado lo que fuera que fuese el núcleo de mi balbuceante personalidad para convertirme en un absurdo mono de repetición de mi absurdo amigo Chino, como si al hacerlo delegase en él el espinoso asunto de tomar las riendas de mi propio carácter, de lo que debiera ser mi propio comportamiento y mi propia vida. Apenas cinco canciones malas después, que por cierto coreamos a voz en grito como si nos fuera la vida en ello, llegamos de regreso al punto de partida. A la puerta del Vips de López de Hoyos. Chino aparcó y dijo:

—Ahora nos vamos a divertir como Dios manda con esa chica.

Lo cierto es que ya me había olvidado por completo de la camarera, y que al escucharle decir eso sentí náuseas de nuevo y pensé en salir de allí corriendo, en volver a casa, en desaparecer, en dejar a Chino plantado de una vez y para siempre. Pero por desgracia no lo hice. Cuando Chino apagó el motor y se calló la horrible música y él salió del coche, me limité a hacer lo que me dictaba la costumbre: seguirle, mientras ya empezaba a odiarme por hacerlo.

Con frecuencia tengo la sensación de que el demonio se alía con nuestras peores intenciones, o con las más fuertes de nuestras debilidades. Ésta fue otra de esas ocasiones. Sin saber bien por qué, recé para que la chica no estuviera allí, pero allí estaba, esperando frente a la puerta del Vips, una vez concluido su turno, como había prometido, vestida ya con su propia ropa, apenas una minifalda exageradamente corta y una camiseta ajustada, despojada del uniforme, dispuesta en su inmensa insensatez a servir de juguete en las manos de un canalla y de su escudero cobarde. O tal vez no.

Que yo me regalase a mí mismo el papel de cobarde sólo daba la medida de mi cobardía: si he de ser sincero, y ahora no me queda otra que serlo, yo estaba tan excitado como Chino, y puede que no fuera un canalla muy distinto, sino un canalla peor. Al menos él no se escudaba en nadie.

Llegamos hasta la puerta, y puedo jurar que a la preciosa camarera se le iluminó la cara al vernos. Chino se acercó primero y la besó en las mejillas mientras la saludaba. De pronto se había recompuesto y parecía todo un caballero. Si algo hay que reconocerle al imbécil este, es que para ciertas cosas es todo un profesional. Yo seguí su ejemplo e hice lo propio. Supongo que le parecimos un par de chicos muy educados. Aun así, pude notar que estaba nerviosa. Las camareras del Vips no suelen salir con chicos como nosotros; de manera casi invisible, pero no por ello menos presente, hay una barrera de clases en esta ciudad y, a pesar de no haber viajado demasiado, supongo que en todas. Lo que es seguro es que en Madrid la hay, y que a los tres nos apetecía cruzarla.

Por un segundo creí que nos lo íbamos a hacer en el coche, sin más demora, y me aterré, pero Chino era más listo de lo que parecía y mucho más experto en estas lides.

—Pensé que ya no estarías aquí —dijo—. Gracias por habernos esperado.

—En realidad, recién salía. ¿Habíamos quedado? No me acordaba...

Era evidente que nos estaba esperando, pero resultaba encantador que se pusiese coqueta, por más que no consiguiese engañar a nadie. Lo cierto es que cuanto más la miraba más bonita me parecía. Tenía una voz muy dulce, o tal vez era sólo el acento. O quizá yo estaba ya tan borracho que me imaginaba la mitad de lo que creía pensar, o sentir, o desear. Hablando de deseos: lo que más me hubiera gustado en ese momento, y creo que esa aspiración era real, era que Chino se hubiese esfumado, o mejor aún, que jamás hubiera existido.

Pero ahí estaba.

—¿Conoces el Acapulco? —decía ahora—. No es gran cosa, pero suele estar tranquilo y está aquí al lado.

—No lo conozco. Normalmente me voy derechita a casa cuando salgo de aquí.

—Pues hoy no. Vamos, te gustará.

Chino la tomó del brazo, muy cariñoso, y ella se dejó hacer. Y yo detrás, como siempre. El Acapulco era una mierda de bar para ancianos, pero el camarero era amigo nuestro y solía fiarnos, lo cual resultaba muy conveniente porque yo estaba sin un duro y Chino no acostumbraba a pagar.

Llegamos hasta la barra donde, como de costumbre, estaba nuestro amigo acompañado sólo por un par de viejos que casi se caen de los taburetes al ver a nuestra camarera. Por lo normal allí apenas iban mujeres, y chicas nunca. El bar tiene una foto inmensa de una playa, no sé si Acapulco exactamente, y dos palmeras de mentira a cada lado de la barra. Ponen siempre música española de los sesenta: Los Brincos, Los Bravos, Los Sírex, cosas así, de la época de Floren. Nuestro amigo se llamaba Florentino, pero le decíamos siempre Floren y era nuestro amigo porque nos fiaba, creo que nunca habíamos quedado, ni siquiera lo habíamos visto fuera del local. Aparte de la barra, el bar no tiene más que una pequeña pista de baile, con su clásica bola de espejos, y, en un rincón, dos sofás raídos de pana donde en contadas ocasiones, si te pasabas por allí en horas de oficina, podías ver a algún triste ejecutivo del barrio metiéndole mano a su secretaria.

Chino saludó a Floren con una mano y pidió tres mojitos sin preguntarnos siquiera. Cuando llegaron, le dio uno a ella y él cogió otro y empezó a bailar alrededor de Fernanda. De pronto había recordado su nombre, y me pregunté si Chino lo habría oído antes en el Vips o si le importaba siquiera.

Eso sí, acercándose mucho, demasiado para mi gusto, le preguntó de dónde era.

—Soy de Maracaibo.

—¿Y eso dónde está?

Me apresuré en contestar yo. No quería que ella pensase que los dos éramos idiotas, me bastaba con que se diese cuenta de que el idiota era Chino.

—Venezuela.

Chino me miró con cara de asco.

—Cuánto sabes, bonita.

—Lo leí en un libro de piratas.

—Es que éste lee mucho.

Chino lo dijo como si fuera un insulto, pero a ella pareció interesarle. Al menos se dirigió directamente a mí.

—¿Por qué te llama bonita?

—Porque Chino es así de gracioso.

Chino se terminó su mojito y pidió otros tres. Por una vez pude estar seguro de que le había incordiado. Me resultó una sensación de lo más agradable. Chino se repuso enseguida:

—Es fácil ser el gracioso cuando vas con éste.

Fernanda y yo nos apresuramos a acabar nuestras bebidas como si hubiésemos recibido una orden. Chino producía ese efecto en alguna gente. Cuando llegó la nueva ronda Chino ya estaba encima de ella, que por su parte no ofrecía la más mínima resistencia.

—Pensé que esto estaría más animado —comentó Chino—. No sé si tendrás otros planes, pero si quieres podríamos ir a mi casa; no está lejos y creo que vamos a estar mucho más a gusto. Si no te apetece, podemos ir a otro sitio.

Ella le miró muy zalamera. Me dio la sensación de que sabía muy bien por dónde se andaba, y pensé que a lo mejor no era tan inocente como parecía; tal vez incluso estaba controlando la situación más de lo que Chino, y desde luego yo, éramos capaces de darnos cuenta. Pensé que tal vez era ella la que estaba jugando con nosotros, y no a la inversa. En cualquier caso, yo estaba ya tan borracho (¿lo he mencionado?) que no puedo presumir de haber pensado con mucha claridad. Seguramente sólo estaba tratando de repartir con ella una parte de la culpa de lo que temía podía suceder. ¿Y qué era eso que tanto me asustaba? Pues no estoy seguro. Quedarme fuera del juego, por un lado, pero creo que también temía quedarme dentro, y al mismo tiempo, por extraño que parezca, lo deseaba. Y tal vez por eso precisamente lo temía. No tenía mucha experiencia en *ménage à trois,* y sigo sin tenerla, e imagino que la idea me sonaba, y me suena, al mismo tiempo tentadora y repugnante.

A ella, al parecer, no tanto.

—Claro que podemos ir a otro sitio. ¿Qué tal a esos sofacitos? Llevo todo el día trabajando y estoy esguañangada.

—No sé lo que quiere decir eso, pero me lo imagino. Vamos.

Chino la tomó de la mano y, antes de que él o yo pudiéramos impedirlo, ella tomó la mía. Me dejé hacer, aunque sabía que Chino me iba a odiar por ello, y nos sentamos los tres muy juntos en los dichosos sofacitos. Chino a un lado y yo al otro de la dulce camarera esguañangada. Por un segundo nos concentramos en los mojitos, sin decir nada. Ya he comentado que Chino no era mucho de hablar, y a mí me daba entre miedo y vergüenza meter más la pata y abusar de mi suerte. Parecíamos dos boxeadores midiendo sus fuerzas a distancia, tanteando al contrario en el primer asalto a sabiendas de que la pelea sería larga, o dos hienas amenazándose en silencio ante un solo cachorro muerto. O tal vez sólo dos idiotas presuntuosos.

Fernanda, mientras tanto, seguía coqueteando tan contenta a diestra y siniestra, acariciando ligeramente a un tonto y al otro, soltando besitos aquí y allá, tantos y con tal despreocupación que hasta a mí me tocó uno. Duró un segundo, pero me encantó, y en cuanto separó sus labios de los míos volví a desear que a Chino se lo llevase una ola gigante y lo arrastrase al fondo de un mar muy negro y profundo. Cuando terminó mi breve beso Chino debió de desearme una suerte parecida, porque la abrazó con fuerza y entonces, ellos sí, se dejaron de tonterías y se enredaron en un largo y apasionado beso mientras yo me hundía en el sofacito de mis propias maldiciones.

Al poco rato nos fuimos, sin pagar, que para eso nos fiaba nuestro buen amigo (es decir, que al final tendría que pagar yo), y caminamos hasta el coche. Chino se arriesgó a cogerla de nuevo de la mano, con cariño, como un valiente, y ella se dejó. Una vez más, y para que quede del todo claro: nunca he dicho que Chino fuese tonto, sólo he dicho que me caía fatal, y en ese momento peor que nunca. A ella en cambio no le caía fatal para nada, todo lo contrario; parecía hipnotizada, puede que fuese porque los chicos como nosotros no salen con chicas como ella, o a lo mejor eso lo pensaba yo porque no era capaz de ver más allá de mis grotescos prejuicios sociales, o porque no sabía si hacerla culpable, cómplice o víctima de la situación. El caso es que sí recuerdo haberme imaginado cortando en seco todo el asunto, convenciendo a Chino de que la dejáramos ir, o convenciéndola a ella de que se fuera a su casa o a donde fuese, o convenciéndome a mí mismo de que no quería que se viniera con nosotros tanto o más que Chino. Por supuesto, no hice ninguna de todas esas cosas. Subí al coche, me senté detrás y me callé la boca mientras Chino buscaba en la radio una música lo bastante cursi como para no asustarla. Cuando dio con una de esas emisoras de radio nocturnas en las que los locutores presentan con voz exageradamente profunda baladas pegajosas, dejó que sonase a un volumen más que aceptable (contrario a su costumbre altisonante) y condujo con suavidad hasta su casa.

Dejamos el Polo en el garaje y Fernanda hizo como si no se impresionase por los cochazos de los padres de Chino, ni por el tamaño de la casa, ni por su espantosa pero carísima decoración. O tal vez (de nuevo mis siniestros prejuicios) ella había estado ya en muchas casas parecidas, y aun mejores.

Al fin y al cabo, no sabíamos nada de ella.

Nos sentamos en el salón y Chino, para dejar claro de quién era la casa y quién dominaba todo el asunto, me mandó a la cocina a por cerveza con la más absoluta displicencia. Mientras tanto puso un disco en el Bang & Olufsen, si no recuerdo mal uno de The Motels, si no recuerdo mal aquel en que sonaba «Suddenly Last Summer». Si no recuerdo mal, ellos bailaban y yo miraba. Si no recuerdo mal, al rato se estaban besando otra vez, como si no hubiera mañana (y como si yo no estuviera allí), y después, eso sí que lo recuerdo bien, se metieron en el cuarto de Chino.

Me quedé oyendo el disco de The Motels entero, bebiendo y fumando y tratando de engañarme a mí mismo haciendo como que pensaba en mis cosas (¿qué cosas?). Cuando se acabó ese disco puse otro, *Breakfast in America,* de Supertramp, para no tener que escuchar lo que imaginaba que estaban haciendo ahí dentro. Pensé en serio en irme, decidí que era sin duda lo mejor que podía hacer, y como siempre no me moví, y seguí fumando y bebiendo y escuchando las agudas voces de Rick Davies y Roger Hodgson, alternativamente.

Estaba ya con «Take the Long Way Home» cuando me pareció escuchar un grito de Fernanda. No un grito atroz pidiendo auxilio, más bien un «¡ay!». Supuse que ella se negaba a hacer algo que Chino quería hacer, o tal vez que la pobre se negaba a hacer cualquier cosa. Puede que sólo quisiese irse a su casa, porque la idea de acostarse con un extraño, de pronto, no le apetecía nada.

Esas cosas pasan, se llama cambiar de opinión, y está escrito con mayúsculas en el catálogo de las libertades. Me levanté como si me dispusiera a intervenir, pero al segundo escuché sus risas. Ella se reía, y él también. Los gritos (¿o eran grititos?) siguieron durante unos segundos, me pareció que ella sollozaba y se reía a la vez, y al mismo tiempo escuché con claridad a Chino reírse, y todo entremezclado con algo que podrían ser gemidos, de ella o de él, o de ambos. Resulta difícil tamizar gemidos. Me volví a sentar. Tal vez estaba exagerándolo todo, como siempre. Puede que sólo estuvieran jugando a eso a lo que juegan los amantes cuando juegan, pero también puede que no. ¿Cómo saberlo? Tampoco era yo un experto en asuntos de amor. ¡Si soy casi virgen! (Vale, quito el casi.)

¿Era ésa toda mi excusa?

Los grititos y los jadeos se alargaban un rato y luego cesaban, y al poco volvían a empezar. La voz de Fernanda se quebraba, la de Chino no. ¿Y si de veras sólo estaban jugando? También me asustaban de niño los ruidos extraños que de cuando en cuando y en mitad de la noche llegaban hasta mi habitación a través del largo pasillo que me separaba del dormitorio de mis padres. Pero ¿y si el juego sólo le divertía a uno? Pensé en levantarme de nuevo y ayudarla, soñé con entrar en la habitación y derribar a Chino de un puñetazo y después, como un perfecto caballero, acompañarla a un taxi. Puedo hasta jurar que, aunque fuese por un segundo, me soñé a mí mismo como la reencarnación del príncipe Valiente salvando la dignidad de Aleta, pero luego no hice nada. Yo soy mucho de no hacer nada. Cerré los ojos, apretándolos todo lo fuerte que pude, como cuando de niño esperaba dejar de ver un monstruo imaginario.

Al poco, como por encanto, los gritos, los gemidos, las risas y las voces cesaron.

Pensé que mis plegarias habían sido atendidas. O que me había preocupado sin motivo alguno, aferrado a mi ignorancia. Imaginé el ridículo que habría hecho entrando en la habitación sin que nadie me hubiese invitado, y en la mirada de profundo desprecio que ambos me habrían dedicado. Como ya no sabía qué hacer, le di otra vez la vuelta al disco y bajé el volumen por si estaban dormidos. Apuré lo poco que me quedaba de beber y me tumbé tratando de no pensar en nada. O, para qué presumir, incapaz ya de pensar en nada.

El disco se había terminado, la casa se encontraba en silencio y yo estaba profundamente dormido cuando sonó el disparo. Me desperté de golpe, sin saber a ciencia cierta si estaba todavía soñando, cuando Chino entró en el salón, desnudo, cojeando.

Tenía el pie derecho cubierto de sangre y le faltaba el dedo gordo, un rastro rojo sobre el suelo de mármol iba desde su dormitorio hasta el salón. Por una vez en la vida no estaba tan guapo, una mueca de dolor y sorpresa distorsionaba su rostro hasta convertirlo en una máscara.

Resulta que la Remington sí estaba cargada.

Después sólo recuerdo los temblores antes de caer de nuevo. Fulminado por la epilepsia, mi única compañera fiel desde los primeros días de la infancia. A lo largo de los años me he acostumbrado, tras cada uno de estos malditos episodios, a recordar con claridad sólo una cosa, una pregunta constante: ¿qué ha pasado?

Cuando desperté por segunda vez, estaba solo en la casa. No encontré rastros, ni noticias, ni señales de la chica o de Chino. Me incorporé en el suelo, dolorido a causa de los temblores, confuso, con una aguda quemazón en la cara, y aún tardé un buen rato en levantarme. Fui hasta el baño con el paso lento de los astronautas en la Luna. Me refresqué la cara y vi que, aparte de un golpe que enrojecía la piel desde la frente hasta las mejillas, no tenía nada grave. Cuando te has caído muchas veces, aprendes a valorar el daño sufrido casi enseguida. De hecho, ya me había roto la nariz en dos ocasiones y estaba más que acostumbrado a autodiagnosticarme el alcance de cada episodio, después de cada golpe, después de cada herida. Esta vez no me pareció nada grave; imaginé que había caído sobre el sofá antes de rebotar hasta el suelo. Traté de recordar. La imagen del pie ensangrentado de Chino fue lo primero que me vino a la cabeza. Intenté luego buscar otra imagen precisa entre las piezas del puzle, agitadas y perdidas por ese estado de desconcierto que tan bien conocía y que ya había aprendido a asociar a cada uno de mis múltiples ataques y a cada uno de mis extraños despertares.

Volví al salón y no vi el rastro de sangre sobre el suelo de mármol. Fui a la habitación de Chino y la encontré vacía, con la cama hecha, sin señal alguna de violencia, como si allí no hubiese dormido nadie ni hubiese ocurrido nada. Salí de la casa por la puerta principal, cerré de un portazo y comencé a andar. Estaba amaneciendo, con ese sol deslumbrante con que amanece en Madrid en agosto. Seguía aturdido, y me costó encontrar el camino de vuelta. No he regresado nunca a aquella casa, y en todo este tiempo no he sabido de Fernanda, ni de Chino.

A comienzos de curso no regresó al colegio. Alguien me dijo que finalmente lo habían mandado a uno de esos correccionales con los que tanto lo amenazaban, creo que a Campillos. O tal vez al extranjero. Ni supe ni quise saber más.

De todo eso hace ya un año.

Ayer, sin ninguna razón en concreto, me pasé por el Vips de López de Hoyos. Volví a revolver entre las revistas de armas, de coches y de chicas, y como siempre no compré ninguna. Luego, como si fuese más una obligación que un deseo, entré en la cafetería.

A lo lejos, en la barra, vi a Chino. Lo observé un rato largo sin que él me viera.

Bebía una cerveza con un chupito de whisky al lado, fiel a sus absurdas costumbres. Parecía más mayor, pero bueno, siempre lo pareció. Seguía coqueteando con las camareras (al menos en eso no había cambiado), a pesar de que las camareras, sin querer faltar, no me parecieron como Fernanda. Tal vez era culpa de mis ojos, y no de sus rostros.

Cuando se levantó para irse, me fijé en que cojeaba ostensiblemente. Me fui corriendo antes de que pudiese verme. Ahora que podía correr más que él, por qué no aprovecharme para sacarle ventaja. No llegué a verle salir, no me volví, simplemente seguí corriendo. Por una vez iba por delante, aunque fuese huyendo.

Todo esto junto, que podría haber sido otra suma de acontecimientos insignificantes en mi pequeña y no muy peculiar vida, me ha dejado clavado desde entonces en la cruz de la sensación más odiosa del mundo: la cobardía.

Aquí termina la historia de ese sábado nefasto.

Todo el mundo tiene un recuerdo oscuro, una medusa tenebrosa que, en perfecta simetría, mancha el futuro de su existencia. Una sombra de tinta que impregna la página siguiente con una forma imprecisa pero idéntica que avanza en dirección opuesta.

Chrysaora achlyos, creo que la llaman. Y al parecer no es mortal, pero es negra y enorme y flota a la deriva, cubriéndolo todo.

Mañana será otro día.

Domingo

Madrid, otoño de 2013

La semana pasada murió mi hermano. Mi madre esparció sus cenizas en el mar Mediterráneo, en un recodo de una playa de Málaga; era de noche y nadie nos vio. Mi hermano murió en una residencia psiquiátrica de Torremolinos. No funcionaron ni los exorcismos, ni los electroshocks, ni las psicoterapias, ni el millón de pastillas que lenta, y no dulcemente, llevaron a mi pobre —que no inocente— hermano a un estado semivegetal, lo inflaron como un globo y al final lo hicieron reventar de un infarto de miocardio, como una piñata de locura. Incineraron su cuerpo en Málaga. Mi madre esparció sus cenizas en la playa de la Caleta una noche sin luna, lloró con desconsuelo, metida en el agua fría hasta la cintura, y maldijo a no sé cuántos dioses distintos mientras yo me congelaba dos pasos por detrás, con el suave oleaje salpicando mi traje negro y mi corbata de entierro. Después volvimos al hotel a secarnos.

No he vuelto a hablar con mi madre del asunto.

Esa parte de mi vida acabó ahí y entonces.

Recordé, eso sí, que a mi madre le gustaba mucho que le preparase el té de las cinco. No es que sea inglesa ni nada, es que creo que es un poco cursi, o que le gusta mucho el té. Yo lo ordenaba todo cuidadosamente en una bandeja de plata, con un tapete de encaje blanco, y elegía, entre su colección de cucharillas y juegos de porcelana, los que me parecían más apropiados según la ocasión. Mi madre siempre pedía a familiares y amigos que le trajeran cucharillas o tazas o teteras de recuerdo de cuantos viajes hicieran, así que muchas estaban desparejadas. Había, creo recordar, dos juegos enteros a los que con el tiempo les fueron faltando piezas. Lo organizaba todo como mejor sabía, y en cualquier caso, ¿qué puede saber un niño de juegos de té? Sobre nuestra única bandeja de plata disponía con mimo las pastas, y en ocasiones incluía sándwiches que yo mismo preparaba con un pan de molde muy fino que mi madre compraba en tiendas de importación, cortados en porciones triangulares pequeñas, como había visto hacer en las películas inglesas. En mi infancia, al menos en mi entorno, todo lo remotamente elegante, o la simple aspiración a tal condición, procedía de las películas inglesas.

A mi madre le gustaba presumir de mi buen servicio de té con sus amigas, y a cambio ellas me regalaban sus sonrisas, y algunos besos de carmín, y me dejaban acercarme lo suficiente, al alcance de sus perfumes, y hasta mirar sus mal distraídos escotes, adivinar lencería, escuchar sin entender sus conversaciones, y alguna —de entre las más osadas— me dejó incluso, más de una vez, rozar sus medias de nailon.

Las amigas de mi madre me parecían todas muy hermosas, sofisticadas y encantadoras. Mi madre también era preciosa.

Cuando íbamos al mercado, siendo yo un niño, los pescaderos, y los carniceros, y hasta los fruteros le decían cosas entre lascivas, traviesas y procaces que yo no entendía del todo pero que me ponían enfermo. Vulgares juegos de palabras que uno no quiere escuchar referidos a su madre. Odiaba el mercado. Aún hoy me fastidia bastante tener que ir. Prefiero que te traigan las cosas a casa a tener que estar escuchando impertinencias. Supongo que los mercados han cambiado, no lo sé; el caso es que no me sentía bien con otros hombres si estaba mi madre delante, o cualquier otra mujer para el caso. Me gustaba mucho más estar a solas con ella, o rodeado de sus amigas sirviendo el té. Es mi recuerdo preferido de la infancia. Quitando los partidos de fútbol y una niña que durante la misa se volvió para mirarme, o al menos eso fue lo que pensé entonces. Puede que estuviese buscando a otro sentado detrás de mí en cualquier otro banco, o simplemente esperando a que terminase todo aquello con la vista puesta ya en la puerta de salida. Pero el asunto es que de ella y de ellas me acuerdo.

De todo lo demás nunca he querido recordar demasiado.

Insha'Allah. Que es como dicen «ojalá» en árabe, y lo sé porque una vez estuve en Arabia Saudí; bueno, en realidad más de una vez, luego lo explico. Ojalá pudiésemos cambiar, depurarnos, reorientarnos, redirigirnos. Ojalá pudiésemos empezar de cero a cada rato, enterrarlo todo en un agujero muy profundo, cubrirlo luego a golpe de pala y sentarnos encima de la tierra fresca y removida. También confieso que ayer bebí demasiado. Y no sólo ayer. En cualquier caso, ojalá pudiésemos ser otros, y corregir nuestras acciones, o aquellas otras de las que fuimos o creímos ser víctimas. Toda acción, por pequeña que sea, emprendida o sufrida, se ofrece ya —como Ícaro contra el sol, odiosa imagen— al territorio infinito del ridículo, al universo indomable de la eterna vergüenza. Lo más noble es, en consecuencia, caminar sobre el desastre como quien camina por la hierba húmeda, precisamente después de la lluvia.

Algunos recuerdos, sin embargo, se empeñan en volver, aunque uno ya no los necesite, ni los quiera.

Mi amistad con mi prima Gini nació del deseo y así fue creciendo, eso no lo sabía entonces, lo sé ahora. Pero no sólo el deseo era culpable, también tuvo mucho que ver en el asunto el brazo roto de una muñeca Barbie. El brazo lo rompí yo, como siempre sin querer, pero lo que sí hice a propósito, y cabría decir que a mi pesar, fue esconder el cuerpo del delito —es decir, la muñeca rota— y sustituirla, a ella y a su bracito desmembrado —es decir, el pecado cometido, o el error, o como Dios en su eterna misericordia quiera llamarlo— por una entrañable nada vestida a la sazón de engaño y disimulo, que no de tul.

Es decir, mentí.

Mi prima jamás volvió a encontrar esa Barbie, ni yo le confesé nunca que la había enterrado en el jardín y que durante años dormí asustado, temiendo que un buen día a mis tíos les diese por replantar el césped, o remover la tierra, o construir una fuente, o plantar un sauce llorón, o lo que fuera que fuese que quisieran hacer con su jardín. Y así, entre insomnios y pesadillas, el cadáver de esa Barbie manca fue proyectando su sombra negra sobre toda mi adolescencia. Y crecí sin poder librarme de esa mentira, y de esa rara poda —el bracito—, hasta que mentir se convirtió en costumbre. Avancé hasta la edad madura negándolo todo, negándome siquiera a hablar de ello, o a recordar nada.

Caminando sobre cadáveres de plástico, sobre crímenes insignificantes que la mentira y el disimulo convertían en monstruosos.

Si los músculos crecen cuando se flexionan, la negación es mi músculo más fuerte, mi único don y mi pecado. Mi deriva agnóstica me negaba a cambio, y en justa venganza, la posibilidad de absolución. Y enredado en esa trama, y sin darme apenas cuenta, tropezando por el angosto camino del lógico devenir, llegué a una fiesta de Halloween un domingo de otoño.

Fiesta de Halloween en el Colegio Internacional. Coches de lujo en la entrada. Nosotros dos, mi hija y yo, llegamos en autobús, y seguramente también volveremos en autobús. El colegio es muy caro, demasiado. Vivo por encima de mis posibilidades, lo cual, teniendo en cuenta que, para empezar, nunca he tenido ninguna, es casi una broma. Mis estudios no son gran cosa y mis méritos, hasta la fecha, inexistentes.

Hagamos un muy breve resumen de mi lento caracol de sueño (que decía el tango del maestro Cátulo Castillo) hasta llegar aquí, y digo muy breve porque en realidad no hay tanto que contar.

Estudié periodismo en la Universidad Complutense de Madrid, no aprendí mucho. Empecé a trabajar en una revista de poesía, dejé el periodismo y lo intenté con la poesía, parecía fácil, no lo fue. Mi trabajo en la revista poética se limitaba a la maquetación de los textos, pero de tanto ordenar poemas se me ocurrió uno, y luego otro. Comencé a recopilarlos lleno de insensato entusiasmo en algo parecido a un libro, tuve la suerte del principiante, la bendición del novato, y hasta me dieron un premio para autores noveles de cierto relieve, o lo que es lo mismo: no muy abultado. Luego ya no tuve más éxito y abandoné.

Del libro premiado sólo recuerdo un verso:

Nada parece bastarle al consuelo.

No era un buen poeta, lo acepté sin amargura. Trabajé en una revista de la Asociación de Editores de Diarios Españoles (AEDE), como redactor. Mi tarea principal consistía en organizar los materiales que me suministraban, casi todos de carácter técnico: distribución, fluctuaciones en el precio del papel, desafíos a los que más pronto que tarde se enfrentaría la prensa tradicional ante el avance irreversible de las nuevas tecnologías, la muerte de las linotipias, continuas revisiones de las teorías de Marshall McLuhan... Nada muy apasionante. También me ocupaba de la maquetación, otra vez, en un tiempo —antes de que se extendieran los ordenadores personales— en que ese dichoso oficio era un trabajo de papel, regla, medidas exactas, lupa, fotolitos, pegamento de espray y tijeras. Una tarea ardua. Tanto que me llevé a un viejo amigo de la facultad para que me ayudara, aunque no me ayudó gran cosa, y cuando fui a cobrar me dijeron que ya había cobrado él por los dos y por adelantado. Seguimos siendo grandes amigos hasta el día en que murió de sida. Estuve en el hospital y luego en su casa cuando ya lo desahuciaron, no todo el tiempo, claro, pero iba a verle y le llevaba regalos, tonterías en realidad, un cómic de Guido Crepax, una figurita de plástico de Paul McCartney... (Quise llevarle una de Ringo Starr, que era su *beatle* favorito, pero estaban agotadas; todas estaban agotadas de hecho menos la de Paul. Pobre Paul, qué injusta es la gente.) Fui a ver a mi gran amigo medio ladrón cuatro o cinco veces hasta que, como digo, su agonía terminó. Aún lo echo de menos, era un gran chico.

Me recordaba un poco a Chino, sólo que ese no era impertinente, ni un rematado imbécil.

Al poco dejé el empleo en la revista de la AEDE, me traía recuerdos tristes. Trabajé un tiempo en la librería de un centro comercial. Me aburrí. Los libros que más se vendían eran casi siempre los que menos me gustaban.

Después perfeccioné mi inglés en Cardiff, con la inestimable ayuda económica de mi abuela. Obtuve los certificados pertinentes —el Proficiency C2 de Cambridge y el del Trinity College— y me hice traductor. Bueno, es un decir, porque en realidad nunca llegué a traducir demasiado, o sí, pero nunca algo que tuviese valor literario, como que había sido mi primera intención. Nunca nada que pudiese impresionar, si acaso ligeramente, a mi prima Gini, que hacía ya tiempo había abandonado su deslumbrante doctorado en ciencias políticas en la Sorbona para labrarse una prestigiosa y lucrativa carrera literaria trufada de premios y laureles y de verdaderas traducciones —literarias—, al menos en quince idiomas, incluidos el francés, el inglés, el alemán, el italiano... y así hasta el búlgaro. Su primera novela se llamaba *La muñeca perdida,* y vendió más de trescientos mil ejemplares en sus distintas ediciones alrededor del mundo. Yo mismo despaché unos cuantos en la librería en la que trabajé apenas seis meses, antes de aburrirme, no por culpa de los libros de mi prima, que quede claro. Los suyos me gustaban, y mucho. La condenada es muy buena escritora.

En aquella época, tal vez por envidia, comencé a revisar la traducción de un libro buenísimo de Le Carré, *Nuestro juego,* pero pagaban muy poco, apenas diez pesetas por página, y abandoné a la mitad. Y ahí se acabaron mis ínfulas de traductor de prestigio, o de revisor asalariado para ser más precisos, y mis pocas posibilidades de conquistar, siquiera en mis sueños más locos, a Gini. Tampoco creo que le hubiese impresionado demasiado que su primo fuese poco más que un pobre becario en un departamento de traducciones, siendo ya tan famosa como era. Conseguí algunos empleos provisionales en distintas ferias comerciales, traduciendo folletos. Eso se me daba bien. Conseguí un trabajo más o menos fijo en una empresa alicantina de calzado empeñada en tener un plan preciso de expansión planetaria, y traduje muchos textos sobre calzado y marroquinería, y viajé mucho, pero sólo alrededor de Alicante. Los zapatos no eran muy bonitos, pero al parecer duraban una eternidad. Pronto nos dimos cuenta de que la eternidad y la moda no hacen buenas migas. Luego trabajé para una compañía de exportación en Arabia Saudí, pasé mucho calor en Riad, me sofoqué por la humedad de Yeda, viajé por el desierto y descubrí que no era alcohólico. No había forma humana de conseguir una cerveza, mucho menos una copa, y aun así sobreviví sin problemas.

Fue una aventura breve, aunque no por ello poco apasionante. Vendíamos unos ambientadores de azahar con el rimbombante nombre de Al-Ándalus. Se suponía que a los saudíes les evocaría irresistibles reminiscencias de un pasado lejano, perdido y largamente añorado. Al principio funcionó y luego, como era de esperar, dejó de funcionar. En realidad los ambientadores no olían a nada especial, si acaso a perfume barato. Gané algún dinero que luego malgasté, pero al menos conocí el desierto y vi las murallas de La Meca, aunque sólo por fuera, que es lo más cerca que puede llegar un infiel a la única fe verdadera. (Según ellos.)

Durante ese tiempo sobrio entre las dunas del Nejd, o frente a las costas del mar Rojo, sentado en un Starbucks, que es como se divierte allí la gente, pensé a menudo en Chino, a pesar de que intentaba con todas mis fuerzas no pensar en él por no volver a recordar nunca aquella noche. El asunto que me tragaba hacia dentro, como un enorme sumidero, no era ya únicamente mi papel en tan desgraciado asunto, sino ignorar de qué asunto se trataba. ¿Se había cometido un crimen? ¿Contra quién? Chino era el herido, pero ¿y ella?

¿Y si esa chica, Fernanda, había sufrido algo parecido a una violación, abusos, intimidación, lo que fuera, y yo era no sólo un testigo sino también un cómplice? ¿Desmayado?

Yo me daba por desmayado y exculpado. Pero, como digo, pensaba en ello. Cómplice dormido, y testigo narcoléptico. Esos términos constituían la base de mi defensa, y con ellos me tranquilizaba. Pero poco. Al segundo, como un fiscal inmisericorde, sacaba yo mismo mi silencio como prueba acusatoria. Mi silencio, sin lugar a dudas, carecía de excusa, y por tanto de defensa. No saber lo que había sucedido aquella noche me torturaba y, al tiempo, era mi único consuelo. En cualquier caso, aquello de pensar en el desierto sin cerveza duró poco. Y en el aeropuerto de El Cairo, a pesar de que la conexión era a las tres de la mañana, me pedí suficientes como para empujar mis recuerdos y mis temores hacia atrás, de vuelta al lugar de donde no tenían que haber salido.

Volví a Madrid.

Conocí a una mujer en una exposición de Giacometti, fingí que sabía algo de arte, nos enamoramos y nos casamos. Conseguí otro trabajo medio bien pagado en la Asociación de Vinicultores del Reino Unido (UKVA) y viajé por casi toda América Latina, desde Miami a la Patagonia.

Mi trabajo consistía fundamentalmente en traducir sus folletos comerciales, páginas web, correos electrónicos, etcétera, y en servir de intérprete en las negociaciones y durante las presentaciones con esos dichosos powerpoints sin los que al parecer no se podía hacer ningún negocio en esos días. El caso es que a pesar de mis esfuerzos vendimos poco vino. No es fácil colocar vino inglés en Chile o Argentina, por citar sólo dos ejemplos de poderosos productores vinícolas, y sin querer desmerecer los pujantes vinos peruanos. Para hacerse una idea, basta con contrastar los datos: se distribuyen más vinos chilenos en Gran Bretaña que españoles, según un reputado estudio del *Daily Telegraph* titulado «Selling wine against the wind» (vendiendo vino contra el viento), lo cual venía a ser un juego de palabras con la vieja expresión «mear contra el viento», así que no cuesta imaginar lo complicado que puede resultar vender vinos de la pérfida Albión en Chile. En fin, era un buen trabajo, y viajaba con unos ingleses muy simpáticos que apenas hablaban español y que, si podían elegir, bebían vinos chilenos a escondidas. Durante unos cuantos años no me quejé mucho de nada.

Pasaba poco tiempo en casa, pero aun así tuvimos una niña que nada más nacer empezó a crecer a toda velocidad, como si tuviera prisa.

Lo de los vinos, por muy entretenido que fuera, pronto se volvió insuficiente. Mi mujer ganaba casi el doble que yo y no tenía que andar viajando todo el día con unos ingleses chiflados. Y mejor ni compararme con Gini.

Conseguí otro trabajo, un poco más serio que lo de los vinos o los ambientadores, pero mucho más aburrido, como representante de una firma de software para edición. La maquetación estaba cambiando, el mundo estaba cambiando, yo estaba cambiando, aunque no sé si a mejor. Me costó una barbaridad hacerme con las nuevas tecnologías del viejo oficio, pero lo medio domé. La paga era sensata y al menos pasaba más tiempo en casa, mirando cómo crecía la niña impaciente. Temiendo lo que pensaría ella de mí cuando me conociera de verdad.

Mi mujer y yo fuimos muy felices muchos años, y luego un poco infelices algunos años también. Nos divorciamos. Volví a vivir solo. Me hizo una ilusión enorme, al principio. No el divorcio, eso siempre te parte en dos, sino eso otro de volver a vivir solo. La ilusión duró poco; ¿no es ésa la naturaleza de la ilusión? Fui condenadamente desgraciado casi todo el rato y me lo pasé muy bien de vez en cuando. Luego, de pronto me deprimí muchísimo, tanto que mis jefes se dieron cuenta y me echaron. No los culpo. Yo mismo me hubiese despedido de haber podido. Empecé a arruinarme poco a poco, y luego algo más deprisa. Un buen día tuve un golpe de suerte. Un fin de semana cualquiera acerté una quiniela de catorce, por desgracia no una de las grandes; en esa jornada ganaron casi todos los equipos de casa y nos amontonamos demasiados acertantes. Gasté prácticamente todo lo ganado en el colegio más caro que fui capaz de encontrar. Bueno, tal vez exagero; también gasté algo haciendo tonterías. Los amigos y amigas de mi hija eran ricos, nosotros no. Se acabó otra vez el dinero, se acabó el whisky. Una cosa por la otra. Me vi forzado a abandonar mi piso medio elegante de padre divorciado, me mudé a uno más pequeño pero aún no muy lejos del centro, y después a otro todavía más pequeño y peor situado. Traté de beber menos, pero no mejoró nada. Creé un perfil en una de esas redes sociales para ligar, conocí a unas cuantas mujeres, no me enamoré de ninguna. También conocí a otras muchas en los bares, con idéntico resultado; decidí dejar de intentarlo. Cuidé de mi hija a ratos y lo mejor que supe, con alegría. Se hizo cada vez más difícil conseguir trabajo; el negocio de los ambientadores no estaba en su mejor momento, el de las traducciones literarias no andaba mejor —nunca ha sido un negocio, para empezar—, y por aquel entonces ya le había pillado fobia a la maquetación, con ordenadores o sin ellos. A decir verdad, ningún negocio andaba boyante, creo que lo llamaban crisis. Pero perseguir desgracias alrededor es consuelo de necios. Pasé a la acción. Traduje más folletos para ferias comerciales, miles. No prosperé demasiado. Perdí la custodia compartida. Mi relación con mi hija se redujo a unas cuantas tardes al año, alguna fiesta y unos días en vacaciones. También hablábamos de Pascuas a Ramos, aunque nunca me gustó hablar con ella por teléfono. Me daba la sensación de que nos entristecía a ambos.

Con mi exmujer tampoco volví a hablar mucho más. Era muy inteligente y muy buena chica. Y más que bonita.

No digo que todo fuera absurdo en mi pasado reciente, o en el otro, hubo ratitos formidables, pero al final, visto todo junto, en perspectiva, me dejaba entre triste e insatisfecho. Por culpa mía y sólo mía, qué duda cabe. Triste e insatisfecho, qué bonito. Y luego me extrañaba de que mi prima Gini nunca me hubiese tomado en serio. Menudo imbécil estaba hecho.

Pero eso de antes era antes, porque ese preciso domingo, así de pronto, estaba más animado de lo que lo había estado en mucho tiempo. Me hubiese costado confesarlo —me refiero a la razón de mi inusitada alegría—, porque en realidad no era más que una oferta. Pero, qué demonios, era una buena oferta, y la primera que recibía desde Dios sabe cuándo. Una oferta de trabajo sensata, adecuada a mis verdaderas capacidades y —por qué no presumir, ya que hablo solo— a mis verdaderas habilidades. Estaba por concretar, pero en la entrevista me dijeron, al despedirnos, que podía darlo por hecho. Y eso anima.

«Puede darlo por hecho.» Eso fue, ni más ni menos, lo que dijeron.

Pocas veces se escuchan frases tan bonitas.

El caso es que, finalmente, ese domingo esperanzador llevé a mi hija a una fiesta de Halloween en el Colegio Internacional sabiendo —o creyendo—, por una vez, que podría pagarlo un curso más, aunque no me atreví a decirle nada al respecto. Ella tenía ya dieciséis años y no se dejaba engañar fácilmente, y menos aún con ofertas sin concretar. No hay manera humana de engañarla, es muy lista la cría.

La fiesta de Halloween se organizaba siempre el domingo más cercano al 31, para que todos, profesores, padres y alumnos, pudiesen compartir la algarabía sin entorpecer las clases. A diferencia de otras veces, y a pesar del otoño, hacía un calor sofocante. Y, para empezar, no tenía que haber ido.

Ella es demasiado mayor y los padres a esas edades avergüenzan, pero llevaba tiempo sin verla y pensé que sería buena idea, al menos para mí. La echaba de menos. Fuimos en autobús —lo repito porque resultaba muy humillante— y bajamos andando desde la parada hasta la puerta del colegio, a la vista de todas esas madres elegantes que iban llegando en coches de gama alta. A mi hija eso no le importaba; como ya he dicho, es muy lista, casi le hacía gracia. No tenía edad para que la acompañase ya a ningún sitio, pero creo que estaba contenta de verme, y pienso que al menos en eso no me engaño.

Entrar en el Colegio Internacional es como sumergirse en una de esas películas del Club Disney en las que todos los problemas se resuelven con una canción pegadiza cantada por unas chicas y unos chicos formidables al final de cada episodio. Nada parecido a mi infancia. En mi colegio nadie cantaba nada alegremente y todo se hacía a punta de pistola y toque de bofetada, y sólo los idiotas se atrevían a mostrar el más mínimo entusiasmo, y desde luego pagaban por ello, por lo común con la cabeza metida dentro del retrete. Supongo que ésa era la razón por la que, como otros muchos padres antes que yo, trataba de corregir mi infancia con la suya. Un error muy frecuente que suele conllevar nefastos resultados.

De todas formas, ya era tarde para cambiar de idea; estábamos frente a la gran puerta de entrada coronada con alambre de espino, y ella iba ligeramente disfrazada. No con mucho empeño, porque mi hija odia Halloween, igual que yo, a pesar de que nunca lo hemos comentado, y también odia, como yo, las fiestas de disfraces. Puede que sea genético, como nuestra incapacidad para patinar sobre hielo. Maldiciones genéticas aparte, la chica se había maquillado, si acaso un poquito, de gótica, a pesar de no serlo, y no tenía mucho sentido que volviera así a casa sin haber visto los disfraces de sus amigos, o al menos a sus amigos.

En la puerta principal del colegio, además de las madres, unas disfrazadas y otras no, y de algún que otro padre, la mayoría sin disfraz, estaban también los agentes de seguridad habituales con su habitual disfraz —al fin y al cabo es un colegio internacional, y éstos son los tiempos que son— y un par de centenares de críos, éstos sí escrupulosamente disfrazados de todo lo imaginable. Desde el clásico E. T. hasta la niña manga más reciente, pasando por toda clase de *cosplays,* pinochos, monstruos, hobbits, batmans y diferentes revisiones de personajes de los hermanos Grimm, Andersen y hasta Esopo. No miento: vi a dos hermanitos adorables echando carreras vestiditos de liebre y tortuga. Como cabe imaginar, la tortuga llegaba antes.

Puede que también llegase a ver, ya entre las madres, a una disfrazada del personaje de *La perra que llevaba un trozo de carne en la boca,* otra fábula de Esopo, aunque también puede ser que me lo imaginase. La psicoanalista de mi exmujer no dudó en diagnosticarme como psicópata narcisista y paranoico. Y eso que ni siquiera me conocía.

Mi hija y yo entramos. Ella delante y yo detrás.

Al segundo mi hija, apenas maquillada de novia de ultratumba, ya estaba hablando con sus amigas de este y aquel muchacho, que es lo que tienen que hacer las chicas a su edad, y yo me vi solo en mitad de aquella mascarada y sin máscara y no supe qué otra cosa hacer que sumarme a la cola de la cerveza —otro licor no se ofrecía por deferencia a los menores—, justo detrás de una mujer de unos cuarenta y pico que aguantaba mejor que bien su disfraz de Catwoman. La conversación se inició en inglés, como era costumbre en el Internacional, pero al poco, una vez descubiertos nuestros mutuos acentos, yo pasé a mi rudo castellano y ella a su dulce colombiano, ligeramente limado por sus muchos años de mujer de mundo pero aún sabroso. Como digo, iba disfrazada, con un antifaz de gata, así que no podía estar seguro de si la conocía o no. Y por jugar a los disfraces, o por no aburrirnos enseguida, no dijimos nuestros nombres al saludarnos, según recomienda el protocolo en este y en otros colegios. Lo que sí dijimos, pues ésa es la única norma social ineludible en todos los colegios, fueron los nombres de nuestros hijos, yo el de mi niña, que no pienso repetir aquí a fin de no avergonzarla más, y ella los de los suyos, que igualmente me callo y que por cierto no reconocí.

Lo que sí estoy dispuesto a reconocer es que los dos, en la fila de la cerveza, tonteamos un poco. Así como así, de su máscara surgieron unas risitas, seguramente por algo que ella misma había dicho, como suele pasar, y al poco empezamos a cruzar nombres de padres a quienes quizá conocíamos dentro o fuera del colegio, imagino que para tratar de acorralar los nuestros. Teniendo en cuenta que yo no llevaba disfraz, al menos no de manera tan evidente, me costó más que a ella sonreír a la primera, pero al rato —la fila de la cerveza era larga y lenta— me rendí a la marea del juego.

—¿De qué vas disfrazada? —pregunté.

—¿No se nota? —respondió—. Menudo fracaso.

—Es que siempre me duermo al principio de *Batman*.

Y entonces más risas, y qué ingenioso, y muchas más tonterías. Hasta que ella, por fin, dijo algo más que sensato:

—Esta fila es eterna. Si quieres podemos tomar un trago de mi catpetaca.

Como lo dijo palpando la cartuchera de su muslo —que yo, en mi enorme ignorancia, pensaba que no guardaba otra cosa que un arma de juguete—, intuí que no se trataba de otra tontería más.

De modo que salimos de la fila de la cerveza.

—Hay que buscar un rincón donde no nos vean.

Lo dijo como si nada, y yo me temí lo peor. Es decir, lo mejor.

Claro que las cosas no iban a resultar tan fáciles. Todo lo bueno se demora, especialmente cuando se trata de cruzar una convención de monstruos. Si no saludamos, desde la fila de la cerveza hasta el susodicho rincón, al menos a un centenar de personas, no saludamos a ninguna. Al parecer su disfraz le servía para no ser reconocida de inmediato, pero los de los demás no conseguían estar a la altura de su supuesta función. O eso o Catwoman tenía muy buen ojo. No hubo niño, niña, adolescente, padre, madre, profesor o profesora a quien no reconociese y saludase al segundo, entre el enorme barullo de aquel aquelarre internacional, por su nombre y apellidos. De hecho, estaba tan segura del nombre de todo el mundo que di por sentado que también conocía el mío, y que precisamente por eso no se había molestado en preguntar.

Empecé a pensar si no hubiese sido más rápido y más seguro continuar en la fila de la cerveza.

También empecé a dudar si en realidad iba disfrazada de Catwoman o de mujer pantera. Claro que, tal y como recuerdo la película, Simone Simon, la mujer pantera de Tourneur, no llevaba el disfraz por fuera sino por dentro. Poco a poco y, como digo, no sin esfuerzo, conseguimos irnos alejando del epicentro del desfile hasta encontrar, junto al huertecito, tras la cancha de tenis, un diminuto invernadero que servía para ampliar los conocimientos botánicos de los críos y que, por suerte, estaba vacío.

Se escuchaban los gritos de los niños, como un graznar constante y sostenido, mezclados con las risotadas de sus padres y la música distorsionada de la megafonía, pero por lo demás era una isla desierta. La mujer pantera me tomó de la mano y yo la seguí hasta el interior del pequeño invernadero.

Sacó su catpetaca de la funda del muslo y me ofreció el primer trago. Puede que no fuese el mejor malta del mundo, pero nunca un traguito de whisky me supo tan rico.

Entonces, de pronto, cuando yo seguramente esperaba otra cosa, aun sin saber en realidad qué esperar, ella me reconoció. O al menos eso dijo:

—Yo te conozco.

Como yo ignoraba su identidad no supe qué decir, pero aun y así, tras un breve balbuceo, algo dije.

—Bueno, no vengo mucho por el colegio, pero alguna vez sí que he venido. Seguro que nos hemos visto en alguna otra de estas fiestas, o en la función de fin de curso, cuando obligan a todos los niños a ponerse cursis y cantar cosas...

—No, no es eso. Yo te conozco de mucho antes...

No me gustó nada cómo sonó aquello. Soy la clase de idiota que al ver en la prensa el retrato robot de un asesino siempre se encuentra un extraño parecido, y la palabra *antes* siempre me suena a culpa o a deuda. Y la manera en que lo dijo, su entonación cargada de puntos suspensivos —paranoia o no paranoia—, intuí que estaba más cerca de una acusación que de un alegre reencuentro.

Entonces ella se rio, y no supe si tener menos miedo o más aún.

—Tú tenías un amigo muy simpático que se llamaba Chino, ¿no?

En ese momento ya supe que «mucho más miedo» era sin duda lo que correspondía tener. El pie ensangrentado y sin dedo gordo de Chino se me apareció como un fantasma.

Traté de ordenar mis ideas lo más rápido que pude. La mujer pantera no me lo permitió: había agarrado a su presa con los colmillos y no pensaba soltarla. Bebió un trago y me ofreció otro. Si pensó que lo necesitaba, desde luego acertó.

—Bebe un poco más, te veo pálido. Cualquiera diría que estos disfraces te asustan de veras.

No sólo era pantera, o gata, o lo que fuera. Además era adivina.

Bebí de nuevo de su catpetaca, esta vez un trago más largo, ¿qué otra cosa podía hacer? Si acaso ofrecerle un cigarrillo, y fumarme yo otro; eso me daría al menos unos segundos para pensar. Aceptó el cigarrillo y yo se lo encendí por debajo de la máscara, que como toda máscara de Catwoman que se precie dejaba los labios al descubierto, antes de encenderme el mío con fingida pero creo que convincente tranquilidad. En el interior de la pequeña caseta hacía un calor horrible —acrecentado, imagino, por el dichoso efecto invernadero— por culpa del sol, que, en ese hermoso día madrileño, calentaba como calienta en esta ciudad incluso en lo más crudo del invierno, a poco que amanezca despejado o se partan las nubes. ¿Y en qué trataba yo de pensar mientras tanto? En que no era posible que esta mujer fuese aquella chica.

Para empezar, por el acento, que entonces apenas sabía diferenciar pero que ahora, después de haber viajado por casi toda Latinoamérica, me resultaba imposible confundir. Benditos vinos ingleses. Aquella camarera era venezolana y esta gata era colombiana, y sin embargo había preguntado de manera muy directa —y yo diría que nada inocente— por Chino, a quien no había vuelto a ver desde aquellos años. ¿Cómo podía saber, y qué sabía en realidad? Mientras le daba vueltas al asunto, el silencio, sin darme cuenta, se había alargado en exceso, aunque a ella no parecía inquietarla demasiado. Fumaba y miraba por las ventanitas del invernadero como si estuviese vigilando que nadie nos pillara allí dentro, y tal vez eso era todo lo que hacía, pero de pronto volvía la cabeza hacia mí, aparentemente distraída, y clavaba sus ojos en los míos a través de las ranuras de la máscara. Nada en esos ojos o en sus labios —o en su voz, o en su acento— me resultaba ni remotamente familiar, y a pesar del disfraz creo que podía jurar que a esa mujer no la había visto en mi vida. Nuestros cigarrillos se estaban consumiendo. El mío más deprisa, porque sin duda fumaba con mayor ansiedad, aunque trataba de disimular lo mejor que sabía.

Ella, sin embargo, fue la primera en desprenderse del suyo. Si algo he observado a lo largo y ancho de mis muchas y fracasadas relaciones con las mujeres, es que rara vez y sólo en muy contadas situaciones —pongamos por caso esperando a solas a alguien amado— apuran sus cigarrillos. Ni siquiera aunque fuese el último del paquete y ellas estuvieran aguardando al equipo de rescate junto a los restos de un avión sepultado entre la nieve en lo alto del Aconcagua. El caso es que tiró el cigarrillo y lo pisó con la suela de una de sus botas negras de tacón desmesurado, hasta que se aseguró de que estaba bien apagado. Tampoco era cuestión de dejar que el colegio entero ardiese en llamas. Seguramente era muy buena mujer y muy buena madre. Yo no pude evitar dar un par de caladas más al mío, antes de apagarlo con los dedos contra la suela de uno de mis zapatos, para asegurarme también de que no prendíamos nada, y guardarlo dentro del celofán de mi paquete de cigarrillos Pueblo azul, a los cuales me había acostumbrado desde mi última ruina porque eran más baratos que los Camel que solía fumar antes. Yo también era muy buen padre y muy buena persona.

Ella me miró y sonrió. Una sonrisa franca que en cambio no presagiaba nada bueno.

—¿Y qué es de Chino?

Lo dijo como si nada, pero pude estar seguro de que algo sabía, y de que lo estaba utilizando para acorralarme.

—Hace años que no lo veo. De hecho, hace siglos. No lo he visto desde...

—¿Desde entonces?

Ahora sí que sabía que sabía, pero ¿cómo demonios sabía? ¿Y hasta dónde sabía? ¿Y qué necesidad, y sobre todo qué ganas tenía yo de saber nada de lo que ella sabía? Tenía que hacer algo para averiguarlo, no para averiguar la respuesta a la última pregunta, ésa la tenía más que clara, sino las de las otras. Y tenía que hacerlo deprisa, y con perspicacia, a ser posible, lo cual nunca ha sido mi fuerte, sobre todo delante de las mujeres guapas, o de las mujeres que parecían guapas, por más que se ocultasen bajo una máscara. Si preguntaba por ese *entonces*, la situación podía volverse aún más incómoda, sobre todo teniendo en cuenta que yo mismo no conocía, ni de lejos, los detalles precisos de ese maldito *entonces*. Ni quería conocerlos.

En eso estábamos cuando una urraca se posó sobre el techo de cristal del invernadero con un ruido puntiagudo que nos sobresaltó a ambos y, gracias a Dios, un poco más a ella.

En lo que supongo no fue más que un acto reflejo, se echó en mis brazos. ¿Buscando protección? No me parecía a mí que una mujer como ella se asustase con tanta facilidad...

—No es más que un pájaro —dije—. Una urraca, creo.

Ella se rio, aún en mis brazos, y sentí su aliento ligeramente perfumado de whisky. Luego se separó de inmediato, por primera vez tímida, y volvió a sonreír, por primera vez sin dobleces. O eso quise imaginar.

En ese instante me acordé lo suficiente de aquella otra chica, Fernanda, como para estar seguro a ciencia cierta de que no era ella. Aquel golpe de fortuna, la dichosa urraca que ya había vuelto a levantar el vuelo, y el descubrimiento, si acaso momentáneo, de su vulnerabilidad me dieron el coraje necesario para tomar la iniciativa y pasar de la defensa al ataque.

—¿Conoces a Fernanda? —le pregunté.

Por fin pude verla algo desconcertada, urracas aparte. Siempre resulta extrañamente agradable ver a una mujer atractiva desconcertada.

—Sí, la conozco muy bien —respondió—. Y está aquí.

Ahora era yo el desconcertado. Mi pequeña victoria había durado lo que suelen durar el miedo y su mejor y más tonto amigo, el coraje, frente al constante rumor de la derrota.

Puede que no fuese una urraca, sino un cuervo, lo que se había posado con un clanc —¿era un clanc o un clinc?— sobre el cristal del invernadero.

Fernanda estaba allí. La misma Fernanda, supongo. No podía ser otra. ¿Disfrazada de qué? De hecho, por absurda que fuese, ésa me pareció en aquel momento la pregunta más urgente.

—¿Está aquí? ¿Disfrazada de qué?

A la mujer pantera no debió de parecerle tan absurda la pregunta, porque respondió sin pestañear:

—Del Joker de *Batman*, creo. ¿O era de Lady Godiva? Pero hay al menos diez Jokers y otras tantas

Lady Godivas en esta fiesta. Si no te digo cuál es, jamás la encontrarás.

Pensé que era el momento oportuno para ir a ver qué estaba haciendo mi hija y terminar de una vez por todas con esa incómoda conversación. Mi aventurilla de invernadero, como tantas otras antes, no estaba saliendo como esperaba.

—Creo que debería ir a ver qué está haciendo mi hija.

—Tu hija estará ocupada con otras cosas, cariño.

—Ya, pero es mi hija.

Esto último lo dije muy serio. En ocasiones hay que decir lo primero que se te ocurre con mucha seriedad, aunque no signifique nada, y a veces hasta funciona. No siempre.

En realidad, casi nunca.

Salí del sofocante invernadero, cediendo el paso. Del infierno siempre hay que salir cediendo el paso, me dije. (Había leído alguna novela de James Ellroy en mis tiempos de corrector literario fracasado, y creo que eso había afectado a mi entendimiento.) En cualquier caso, por fin salimos de allí y volvimos al desfile de Halloween.

Cruzamos por delante de la pista de tenis, donde ahora unos monstruos muy extraños de todos los tamaños jugaban con las manos y los pies a un juego que no era tenis pero que conservaba al menos sus pelotas de color amarillo. Ella iba delante y yo seguía obediente las huellas de sus botas, lo cual siempre es bueno si no se tiene la más remota idea de por dónde se anda. Los niños eran lo que son siempre los niños, felices e infelices a ratos, sus padres más o menos lo mismo, si bien no tan encantadores, y los profesores... Sólo Dios sabe lo que son los profesores. Todo esto iba yo pensando al bulto, porque entre tanto disfraz intuía más de lo que podía saber o adivinar. O lo que viene a ser lo mismo, imaginaba más de lo que podía constatar. O en una tercera voltereta, mi propio miedo me impedía sacar conclusiones muy exactas. La mujer pantera caminaba mientras tanto con paso firme y elástico, y yo la seguía como había seguido toda mi vida a los demás. En eso vi a mi hija coqueteando con un tipo disfrazado de hombre elefante. Como me pareció que estaba contenta, me sentí bien, más tranquilo. Los hijos contentos producen ese efecto balsámico. Mi hija también me vio, y creo que podría jurar que se alegró de verme, y al menos en eso, otra vez, pensé que no me engañaba. Seguimos andando. Ella, la otra ella, la mujer gato, saludó a otras doscientas personas más —no sé si a las mismas a las que había saludado a la ida, porque en realidad no me fijé mucho a quién saludaba, ni a la ida ni a la vuelta—, y por fin dimos con una mujer disfrazada de Joker. Y la mujer gata-pantera se giró y me volvió a regalar esa sonrisa casi constante que ya estaba empezando a repatearme.

—Ésa no es. Fernanda seguro lleva un disfraz mejor. No sé si al final se habrá decidido por Joker o por Lady Godiva, ella misma no estaba segura cuando hablamos esta mañana, pero cada año sus disfraces son los mejores de la fiesta de Halloween. Es famosa por eso.

Yo había pensado que lo de Lady Godiva era una broma pesada, pero mirando alrededor —alrededor de mi propio desconcierto y del tumulto de ese absurdo carnaval—, me di cuenta de que al menos en eso no había mentido. Había Lady Godivas, y había, como ella había dicho, unas cuantas. Claro que para poder excitarse siquiera un poco al verlas uno tenía que concentrar el pulso de su imaginación, y el de su corazón, en el engaño formidable de la licra, ese prodigioso pijama de piel, horrible, burdo e inflamable, que empaña la mirada hasta que se tropieza con el deseo y produce el tristísimo espejismo de un desnudo casi perfecto. El asunto era que Fernanda andaba por allí, y yo no veía la forma de encontrarla ni la manera de escapar de ella. Ni siquiera estaba seguro de cuál de las dos cosas preferir. El veneno tiene ese efecto, también las alturas, y el submarinismo, y la fe, y no sé cuántas otras tentaciones que uno trata de evitar mientras las persigue. Por cambiar la canción del incoherente runrún de mi cabeza, me pregunté si el muchacho —esperaba que fuese un muchacho, pero cómo saberlo— que estaba escondido bajo el disfraz de hombre elefante y que coqueteaba de manera tan ostensible con mi hija sería un buen chico, y después de inquietarme un

114

poco resolví que, al menos, no sería peor chico que yo. ¡Hasta me cayó simpático el hombre elefante ese! Aunque sólo fuera por comparación.

Me empezó a doler mucho el codo, lo cual no era inhabitual. Tengo un dolor horrible que creo que llaman codo de tenista, lo cual ya es mala suerte, teniendo en cuenta que no juego al tenis desde 1984. Pero qué se le va a hacer. Caminaba detrás de una mujer a quien no conocía en busca de otra a la que no conocía tampoco y me dolía muchísimo el codo.

A falta de una palabra mejor, por qué no llamarlo amor. O tal vez se trataba sólo de una mezcla de curiosidad, dolor y deseo, lo cual, en principio, viene siendo lo mismo.

De pronto me apeteció mucho una cerveza fría, y como vi que la cola había menguado de forma considerable decidí acercarme a por una, o dos, si es que ella, la enigmática pantera, todavía quería una.

—Voy a por una cerveza, ¿te traigo?

—Sí, pero no tardes. Aún tenemos que encontrar a tu amiguita.

—No es mi amiguita, sea quien sea.

—Ya. Anda, corre. Te espero aquí.

Y eso hice, no correr, entiéndase, pero sí acelerar el paso como si hubiese recibido una orden, o como si me hubiesen dado permiso, a pesar de que la idea era mía, para empezar. Las mujeres, o al menos algunas o muchas de ellas, tienen ese poder;

tomas una decisión, por insignificante que sea, y se atribuyen el mérito de haberla inducido. En fin, me puse en la cola, en la que como digo apenas quedaban cuatro o cinco padres mal disfrazados, y al poco ya estaba de vuelta. Cuando regresé me sorprendió, y no muy gratamente, verla junto a mi hija, hablando con toda naturalidad y riéndose como si una de las dos hubiese dicho la cosa más graciosa del mundo. Su evidente complicidad me inquietó, pero hice como si nada y me acerqué. Mi hija se volvió y me miró con cierto aire de recriminación, pero sin abandonar la sonrisa.

—Ten cuidado con la bebida, papá —dijo—. Luego la gente comenta, y yo tengo que volver a clase mañana.

—Es la primera, cielo. ¿Dónde anda el hombre elefante?

Reconozco que lo dije para hacer que ella también se sintiese incómoda, para variar.

—De eso precisamente venía a hablarte. Si no te importa, me voy a bajar con él a Madrid. Esta fiesta es para niños pequeños. No te preocupes, es amigo mío de clase, y es de fiar; tomamos unas Coca-Colas y luego me deja en casa de mamá. Ya la he llamado a ella y está todo okey.

—Bueno, si a tu madre no le importa...

No me dejó ni terminar la frase; me dio un beso en la mejilla y salió tan contenta en busca de su hombre elefante, que al parecer ya la esperaba con el coche en marcha. Es un decir, claro, porque si mi hija no había mentido, y el muchacho ese era de verdad un compañero de clase, no podía tener carnet de conducir. Me tranquilizó pensar que seguramente bajarían en taxi, o en autobús, aunque me hubiese gustado ver al menos qué cara tenía ese chico bajo la máscara.

La mujer pantera, mientras tanto, bebía a sorbitos su cerveza y sonreía de nuevo. Todo le hacía mucha gracia a esa señora.

—No te angusties, no te ha mentido. El chico es estupendo, lo conozco muy bien. De hecho, es mi hijo. La llevará a casa sana y salva, como un perfecto caballero.

Dicho esto, pegó un respingo y me dio un codazo que hizo que se me derramara la cerveza sobre los pantalones.

—¡Mira! Ahí está Fernanda.

Me volví y vi a una mujer menuda y de delicadas proporciones, disfrazada también de Catwoman.

—Qué zorra, al final me ha copiado el disfraz —dijo la gata-pantera—. Y sin avisar.

No sólo no percibí acritud alguna en ese último comentario, sino que la vi lanzarse hacia la otra gata con una euforia que me pareció exagerada mientras tiraba de mi brazo hacia ella.

—Ven, que te presento.

Y así fue como me vi entre dos Catwomans, como quien se ve entre el policía y el juez, tratando de ocultar mi expresión de pánico. Estaba a punto de conseguirlo cuando la cosa empeoró. Mientras la primera pantera empezaba a presentarme, la segunda la cortó en seco.

—Fernanda, quería presentarte...

—No hace falta, nos conocemos de hace años. Por cierto, ¿qué tal Chino?

Al final iba a resultar que sí se trataba de la misma Fernanda. Todas mis dudas se disiparon al hacer un rápido recuento de lo que se adivinaba tras su disfraz; sus grandes ojos negros, su estatura y hasta su acento, todo encajaba. Lo único que no venía al caso, si de veras se trataba de la chica de entonces, eran su desparpajo y su amistosa disposición, a no ser que todo eso fuese una encerrona y cada una de las actitudes falsamente alegres y casuales de las dos gatas no respondiera a otro motivo que a un bien planificado y mejor escenificado plan de venganza. Si ése era el caso, estaba perdido, hiciese lo que hiciese. Con lo cual sólo me quedaban dos opciones, igualmente inútiles: tratar de defenderme en lo posible, aunque fuera para ganar tiempo, o derrumbarme ahí mismo. Opté por la primera; si iba a caer derrotado en cualquiera de los casos, lo que me quedaba de instinto de supervivencia me dictaba ponérselo al menos lo más difícil posible.

—¿Chino? ¿Qué Chino? —dije—. Conocí a uno al que llamábamos así hace mil años, pero no lo he vuelto a ver. Perdona, ¿nos conocemos de las fiestas del colegio?

—Soy Fernanda, ¿no te acuerdas? Aquella fiestecita... Lo pasamos muy bien, fue hace muchos años, pero no puedes haberlo olvidado.

Efectivamente, no lo había olvidado, y no porque no lo hubiese intentado. Lo había intentado con todas mis fuerzas, como había intentado olvidar cada uno de los peores momentos de mi vida, pero ahí estaba de nuevo. Y se presentaba no como había temido en mis largas noches plagadas de ataques de pánico y sudores fríos, con el rostro franco del rencor, sino bajo un disfraz inesperado, atractivo y delicioso, casi irresistible, y por lo tanto mucho más aterrador y peligroso. Las dos mujeres me miraban ahora fijamente, como si de pronto la fiesta se hubiese terminado, todos los invitados se hubiesen marchado y sólo quedásemos los tres, ellas perfectas bajo sus hábiles disfraces y yo desnudo. No sé cómo de largo se les hizo a ellas mi silencio, pero a mí se me hizo eterno. Eterno y culpable. Tenía que decir algo, y decirlo pronto.

—Ah, ya me acuerdo... Ese Chino.

—Exacto, *ese* Chino, y *esa* noche.

Ya me quedaban pocas dudas: se trataba de una acusación en toda regla, de una venganza como Dios manda. Pero ¿y Chino? Si a mí me habían acorralado con tal precisión —y, cabría añadir, crueldad—, ¿qué no le habrían hecho a él, que, al fin y al cabo, era más culpable que yo en todo el asunto?

O eso me parecía, o eso quería pensar, o eso, ni más ni menos, era lo que pensaba.

Claro que a él le había reventado en su día el dedo gordo del pie derecho, dejándolo cojo para siempre, y yo en cambio me había escapado de rositas. Pero ¿y si no se conformaban con eso? ¿Y si habían decidido infligirle a Chino un castigo aún más severo? ¿Y si me estaban utilizando a mí para llegar hasta él? ¿Y si yo no era más que el señuelo para completar sus verdaderos planes? ¿Y si...?

Por fortuna, Fernanda Pantera cortó el hilo de mis desdibujados pero seguros temores con sólo posar su mano sobre la mía. Es una exageración, claro está, pero lo cierto es que tenía unas manos suaves y delicadas que sin embargo se cerraban en un sólido apretón. Como quien cierra un trato muy seguro de lo que hace.

—Bueno, me he alegrado mucho de verte. Pero tengo que irme, mis niños están rendidos. Tal vez podamos quedar un día para tomar una copa y charlar de los viejos tiempos.

—Claro, claro.

Lo dije con la misma poca fe con la que aceptaba las penitencias de niño, arrodillado tras la celosía del confesionario.

—Pues hecho. Nos llamamos más pronto que tarde, en cuanto esté menos liada.

—Cuando tú puedas. Prisa no hay, creo...

Mi patética respuesta se quedó colgada en el aire, y cuando digo colgada me refiero a perfectamente estrangulada.

Después las dos panteras me besaron en las mejillas, por turnos, ambas adorables, y se encaminaron hacia la puerta de salida del colegio seguidas por una nube de niños con los disfraces ya medio descompuestos. Me fijé en que Fernanda llevaba de la mano lo que quedaba de una Lisa Simpson enfadadísima y de un Peter Pan más bien orondo, pero contento. La niña debía de tener unos seis años, y el chico apenas pasaría de los doce.

Seguí al grupito con la vista hasta que cruzaron las férreas líneas de seguridad de las puertas del Colegio Internacional y desaparecieron. Me quedé allí solo en mitad de la animadísima fiesta de Halloween, sujetando una lata de cerveza vacía. Desconcertado y asustado. Me alegré de que mi hija no estuviera allí, aunque se hubiese marchado con el hombre elefante. Dejé pasar un tiempo prudencial, mirando al suelo para no tener que saludar a nadie más, y luego me dirigí hacia la salida con cautela. Por nada del mundo quería volver a encontrarme con cualquiera de ellas en el parking. A veces las despedidas se alargan; los niños discuten por su asiento en el coche o las madres o los padres recuerdan cosas fascinantes que decirse en el último momento. Me acerqué a la garita de seguridad junto a la puerta y me asomé con distraída cautela. No me pareció verlas. Aún me estaba cerciorando cuando se me acercó uno de los vigilantes.

—¿Sale usted o no?

—Sí, perdone. Me estaba asegurando de que mi mujer ya estaba fuera con los niños.

—Su mujer no ha venido, ha venido usted solo con su hija. Y que yo sepa sólo tiene una hija, al menos en este colegio.

Joder con el de seguridad, parecía un agente de la CIA.

—Sí, perdone, tiene usted toda la razón. Estaba pensando en mi hija y en sus amigos, y en una mujer que una vez tuve... Muchas gracias.

El vigilante apretó el botón de la puerta y salí. Ni rastro de las panteras. Crucé el parking entre los cochazos y me dirigí hacia la parada del autobús. Como era domingo, no había mucha gente en la gran avenida junto al colegio. Es más, no había ni mucha ni poca, estaba solo, y apenas pasaban coches. Era un barrio residencial con edificios de esos que encierran jardines y piscinas comunitarias. La clase de barrio donde no pasea casi nadie un domingo, ni un miércoles, para el caso. Quienes viven en estos sitios suelen salir a trabajar por la mañana y no regresan hasta la noche, y durante los fines de semana se pasan todo el día en alguno de los muchos centros comerciales de la zona, comprando cosas, comiendo en falsas terrazas subterráneas decoradas con plantas y flores de plástico y yendo al cine a ver secuelas y precuelas de películas americanas de gran éxito que ya eran malas desde el principio.

Me temí que el autobús iba a tardar un buen rato en pasar por allí, y acerté. Me senté en la parada y encendí un cigarrillo. En realidad no tenía mucha prisa; mi hija dormía en casa de su madre y puede que no volviese a verla en todo el mes. Si he de ser sincero, cosa que detesto, no tenía prisa alguna ni absolutamente nada que hacer, más que preocuparme. Y alegrarme. Preocuparme por las panteras, claro, y alegrarme por mi oferta.

Me fumé mi cigarrillo y me preocupé mucho. Piensa en la oferta, me decía, piensa en la oferta, repetía. Me di cuenta de que estaba hablando solo.

No pasa nada. Mi abuela, la de Jaca, hablaba sola todo el tiempo y no estaba loca. Pero, ya fuera en voz alta o en voz baja, por encima de la oferta se cruzaba la sombra de las panteras.

Teniendo en cuenta que mi hija salía con el hijo de una de las dos, no les iba a resultar muy difícil localizarme. Además, en el colegio tenían mi número de teléfono para casos de emergencia, o para que algún psicólogo chiflado me llamase para echarme a mí la culpa de que mi hija suspendiera o bajase el promedio de las notas o le diese por fumarse un porro a escondidas. Cosas que por cierto, y toco madera, no han sucedido todavía.

Esperando el autobús, esperando huracanes, inundaciones, o terremotos. Esperando desgracias colectivas, cataclismos que barriesen a su paso mis pequeñas miserias.

Me había fumado dos o tres cigarrillos, y había tenido dos o tres mil temores y temblores, cuando por fin llegó el autobús.

Me acomodé en el asiento de delante, que marea menos, y mientras veía pasar sin prestar demasiada atención el aburrido paisaje de las afueras que tan bien conocía, tomé la insensata decisión de ir a ver a mi prima Gini. Puede que sólo fuese porque la echaba mucho de menos, sobre todo cuando estaba triste y confundido, o porque la raíz de estos males estaba enterrada, por así decirlo, en su jardín. Todo sucedió después de su fiesta aquella noche hace mil años, sin que ella tuviese nada que ver, claro está, pero creo que reencontrar a Fernanda me llevaba sin poder evitarlo a buscar consuelo en Gini. Muchas veces había pensado durante este tiempo en buscar amparo en ella, y si mis otras tribulaciones por alguna razón no me habían parecido causa suficiente para ir a molestarla, esta última sí. Es de suponer que mi profundo malestar y mi eterna desazón habían alcanzado por fin su punto de ebullición.

El autobús iba casi vacío, apenas tres o cuatro empleadas del hogar muy acicaladas que se disponían a disfrutar de su más que bien ganada tarde libre, así que tenía para mí solo un asiento delantero doble con vistas al parabrisas central, lo cual siempre es más agradable que torcer el cuello para mirar de soslayo por las ventanillas y le da a uno cierta perspectiva del viaje. Recordé el sinfín de ocasiones en que había hecho de chico esa misma ruta hacia Madrid, y pensé en lo mucho que había cambiado todo. En lugar de la enorme autopista y sus cien mil circunvalaciones sólo existía entonces una carretera de dos carriles, y cuando jugábamos al fútbol en un descampado al borde de la carretera, y tal como dictaba la ley del fútbol callejero, el que la tiraba fuera iba a por ella. Con frecuencia un camión o un utilitario le pegaba a la pelota y la empujaba casi un kilómetro más arriba, y a uno no le quedaba más remedio que perseguirla esquivando los no muchos coches que transitaban por aquel entonces. No digo que no fuera arriesgado, pero desde luego no era mortal. Ahora nadie podría cruzar esa autopista sin perder la vida al menos dos o tres veces. Tampoco había tantos centros comerciales, ni esos enormes edificios de oficinas, ni las hileras de urbanizaciones idénticas que prometen a un tiempo independencia, libertad y seguridad, como si tal cosa fuera posible. En realidad, y no puedo engañarme, me importaba un bledo lo que hubiese cambiado el paisaje, y tenía menos que poco interés en el dispar desarrollo urbanístico de la zona en cuestión, ni sentía especial añoranza por mi infancia, quitando algún que otro partido de fútbol en el que mi actuación personal me dejó especialmente satisfecho. Lo que trataba de hacer, sin conseguirlo, era no replantearme mi repentina y poco mesurada decisión de acudir a mi prima Gini, después de tanto tiempo, en busca de cierta calma, o Dios sabe qué aclaración, o precisión, u orden sobre mis más que confusas sensaciones. ¿Por qué Gini, y qué esperaba de ella?

Hacía al menos cinco años que no la veía, desde el funeral de una tía común, y mucho más tiempo desde que no hablaba de verdad con ella, de todo y de nada y siempre medio en broma y medio en serio, como hablábamos antes. En el funeral, como suele pasar en esos encuentros, apenas cruzamos tres palabras y dos besos. Yo la felicité por sus éxitos literarios y por su reciente matrimonio, y cuando ella me preguntó cómo me iba mentí como un bellaco y exageré mis propios triunfos en el campo de los ambientadores y en el resto de mis grotescos negocios, para tranquilizarla. A pesar de todo, tuve la impresión de que nuestro afecto seguía intacto.

En cualquier caso, no se me ocurría con quién más podía hablar. Y, por una vez, decidí no darle más vueltas y fiarme de mi primera intuición. Y además tenía la excusa de la oferta. No es que fuese a presumir —ella era famosísima, y en mil idiomas—, pero no le veía mal alguno a compartir mi alegría. Era un motivo, si bien insignificante, al menos inocente para acercarme hasta su puerta.

Me bajé del autobús en el intercambiador de Moncloa y traté de recordar la dirección exacta

126

de Gini. Había estado una vez en su casa y conocía bien la calle, pero desde luego no el número, ni mucho menos el piso. Su teléfono hacía siglos que lo había perdido. En mis viajes solía perder el móvil a menudo, ya no sé decir si por accidente o a propósito, y el penúltimo lo había tirado cuando una señorita muy antipática me confirmó que mi línea estaba cortada por falta de pago. Desde entonces sólo había tenido uno con la agenda semivacía. Pero algo es algo: recordaba la calle, y pensé que con un poco de suerte sería capaz de reconocer su edificio una vez que lo tuviera delante. En cuanto al piso exacto, sabía que no era muy alto, tal vez cuatro o cinco plantas, y que el apartamento de Gini no estaba a ras de tierra, no era el bajo, ni el primero, ni estaba tan alto como para ser el ático, así que en el peor de los casos sólo tendría que probar con cuatro o seis botones del telefonillo. No parecían malas probabilidades.

Tomé el metro y en menos de veinte minutos me planté en Núñez de Balboa, a pocos pasos de su edificio, el cual, como había imaginado, identifiqué enseguida porque estaba a escasos metros de la Fundación Juan March, donde había conocido a mi mujer, en aquella exposición de Giacometti. Como también había medio recordado acertadamente, se trataba de una casa de las de antes de la guerra de cuatro plantas más su correspondiente bajo y sólo había diez números en el telefonillo, así que descarté los dos del bajo, los del primero y los del ático y probé suerte con los cuatro restantes. Acerté a la segunda. Al fin y al cabo, jugaba al veinticinco por ciento.

Cuando escuché su voz al otro lado del intercomunicador, y antes de contestar, se me cruzó la idea —como un relámpago de lucidez— de si no hubiese sido mejor haberme ido derecho al casino de Torrelodones a jugar a la ruleta. Claro que no tenía fondos, y sin fondos no hay juego ni suerte. El caso es que, una vez despejada esa posibilidad —también a la velocidad del rayo—, contesté.

—Gini, soy yo.

—Sube.

Puede parecer raro que después de tantos años sin vernos Gini respondiera de una manera tan natural e inmediata, como si tal cosa, sin sorpresa ni curiosidad, rencor, alarma, susto ni nada. Pero es que Gini es así. Por eso, entre otras cosas, la quiero tanto.

El ascensor era uno de esos antiguos de marquetería, pequeñitos y elegantes, con un banquito forrado en capitoné en el que, sin saber bien por qué —al fin y al cabo, el viaje era muy corto—, me senté. Siempre da gusto sentarse en esos banquitos, o puede ser que me temblasen las piernas por volver a ver a Gini, y sobre todo por presentarme allí de improviso y sin motivo aparente. En eso recordé, demasiado tarde, que mi prima se había casado y pensé que no me apetecía nada intimar con su marido, y que su presencia arruinaba por completo el plan de mi visita. Si él estaba allí, y lo más lógico es que, siendo domingo, estuviera, yo estaba a mi vez a punto de hacer eso que los italianos llaman con mucho acierto *una figura di merda*. Todo esto lo pensé muy deprisa y, como digo, demasiado tarde.

Al salir del ascensor ella me esperaba ya en el umbral de la puerta de su piso, ataviada con uno de esos vestidos camiseros con botones desde el cuello hasta el final de la falda, que tan bien le quedaban antes y que seguían sentándole de maravilla. La verdad es que era una chica muy guapa, o al menos a mí me lo parecía. Qué narices, era preciosa, y yo tenía poco o nada que opinar.

—¡Qué sorpresa!

—Dímelo a mí, que soy el primer sorprendido.

Nos besamos en la mejilla, nada de esos efusivos abrazos de antaño, y entramos. Ella delante y yo detrás.

Pasado un vestíbulo diminuto, de los que se usaban antes para atender a los proveedores, recibir cartas certificadas y despachar invitaciones y aguinaldos, me condujo por un pasillo estrecho hasta un salón no muy grande pero sí muy luminoso, dorado por la luz del atardecer. Pensé en comentar lo agradables que son los pisos altos de Madrid con orientación oeste, y que tienen sin duda la mejor luz de la tarde. Pero por una vez me callé a tiempo. ¡Seré cursi! Me importan un bledo la orientación del sol y el solsticio y el equinoccio y el orden de todos los astros. Si hay algo que detesto, y no soy de mucho detestar, es que alguien desperdicie siquiera un segundo de su vida menguante pensando en la orientación de los pisos en los que al fin y al cabo viven los demás.

Por otro lado, la decoración era tan exquisita como ella: cientos de libros colocados en las estanterías y apilados en el suelo, sillones dispares, un Chester desvencijado, un tú y yo tapizado de auténtico leopardo desgastado ya por un tiempo verdadero, y un sinfín de cuadros y fotos en marcos de madera vieja y plata repujada portuguesa. No esas vulgares fotos de familia del verano anterior, sino viejas fotografías de gente muerta hace más de un siglo a la que afortunadamente no se puede reconocer, y flores secas, y flores frescas en jarrones pre-Ikea, y hasta un carrito de bebidas con botellas esmeriladas y un par de sifones de los años cincuenta, de cuando la gente bebía sin consultar con sus médicos y de cuando hasta los médicos bebían. No parecía haber un hombre en la casa —esas cosas se notan enseguida—, y me pregunté qué habría sido de su marido, o qué habría sucedido en su vida en estos últimos años. Supe por mi madre que se había casado, y supe también que el afortunado no era aquel maravilloso amante italiano de aquella noche de pasión y a quien terminé por conocer en aquella otra noche aciaga, y hasta creo que una vez conocí a su verdadero marido, en el entierro de nuestra tía, pero tampoco entonces le presté mucha atención al individuo, ni pregunté quién era, ni a qué se dedicaba, aunque sí recuerdo haber pensado que, fuese quien fuese, no se la merecía, y que fuese quien fuese no iba a poder evitar que yo, en la distancia, lo odiase. ¿Y por qué estaba tan seguro de que allí no vivía ya aquel impostor?

Porque olía bien, y porque no había ni rastro de todas esas cosas horribles que dejamos los hombres esparcidas por las casas de las mujeres; cosas como periódicos deportivos, chaquetas de punto de andar por casa, pipas, mancuernas, zapatillas deportivas, palos de golf, libros de historia o de política o de física cuántica supuestamente fascinantes que en realidad nunca leemos... En fin, que a mi juicio allí no vivía desde hacía tiempo nadie más que mi querida prima, o al menos mi querida prima y ningún hombre. Pero ¿cómo sacar el tema?

A pesar de que me moría de ganas por sacarlo, y de que en lo más profundo de mi superficial ser me alegraba de la rápida desaparición de aquel cretino a quien ni conocía ni quería conocer, lo más prudente, por el momento, era no preguntar nada. Al fin y al cabo, no había ido allí a preguntar por su vida, sino, supongo, a preguntar por la mía.

Ella, como siempre, lo hizo todo fácil. Hay gente que tiene esa capacidad innata, igual que hay gente que nace con el don contrario. Mientras yo me relamía con mi supuesta y grotesca victoria sobre un enemigo imaginario, Gini se acercó al carrito de las bebidas y acarició el cuello de una de las botellas esmeriladas.

—¿Whisky?

—No, gracias, he dejado de beber, con un vasito de agua voy más que servido. Y perdona que me presente así, sin avisar, es que perdí el móvil hace tiempo...

—Nada que perdonar, ya sabes que me encanta verte. Siéntate, que te traigo una cerveza. Estoy muy contenta de que hayas venido. Tenía un domingo no muy bueno, pero no perdía la esperanza...

Se alejó del carrito de las bebidas y desapareció camino de la cocina durante un instante. No sé por qué dije esa tontería de que había dejado de beber, imagino que quería causarle buena impresión. Afortunadamente, ella me conocía demasiado bien y quizá pensó que era una broma. Ojalá hubiese estado yo en disposición de bromear. En contra de mi pronóstico, enseguida me sentí muy a gusto en su casa, con ella, y en ausencia del idiota ese con el que se había casado desestimando mi silencioso criterio.

Si Gini no había cambiado tanto, era posible que yo, al menos frente a Gini, tampoco.

Volvió con la cerveza y con una Coca-Cola para ella. Se sentó a mi lado, en el Chester. Olía muy bien, como siempre ha olido.

—Y bien, ¿qué es de tu vida, primito?

—Pues no gran cosa… Vengo de estar en el colegio con la niña, en una fiesta de disfraces absurda.

—¿Qué tal está?

—Bien, muy alta, muy lista. Se ve que ha salido a su madre.

—Qué tonto eres… Hace siglos que no la veo, qué pena que no haya venido.

—Hace sus planes.

—Me imagino. Tendrá ya… ¿quince?

—Dieciséis. Pero no venía a hablarte de eso.

—Soy toda oídos. Aunque debo decirte que me duele: pensé que era una visita de cortesía.

—Eso también. En realidad no sé qué quería contarte, he pensado en ti y en venir a verte, y aquí estoy. He tenido un día muy raro.

—Bienvenido al club. Mi ex me está haciendo la vida imposible, pretende que le pase una pensión. Dice que fue instrumental en mi supuesto éxito literario. ¡Ahora resulta que es un muso!

—Será capullo…

—Pues parece que sí. En fin, no quiero ni pensar en ello, para eso pago a mi abogado. ¿Sabes qué? Creo que me voy a poner un whisky. En realidad no soporto la Coca-Cola.

—Yo es que he dejado de beber…

—Voy a por hielo, cielo.

Se levantó y se fue de nuevo a la cocina. Eso me dio el tiempo justo para pensar muy deprisa en qué era exactamente lo que estaba haciendo allí y qué era lo que quería contarle. ¿La terrible historia de hace un siglo? ¿Esa en la que creo recordar, a duras penas, que Chino casi violó, o no —este posible NO era esencial—, a una chica, y en la que ésta, en respuesta, le arrancó el dedo gordo del pie con una Remington mientras yo no hacía nada al respecto? No parecía buena idea. ¿La extraña sensación que me había producido encontrarme con esa chica, ahora mujer, en la fiesta de Halloween, y el temor impreciso que ese encuentro me había generado?

¿Mi ridícula oferta? ¿Dónde quedaba eso frente a su gloria? Pues quedaba como las barquitas de dominguero amarradas junto a los yates de veinte metros de eslora en los puertos deportivos.

Insignificante.

Decidí inventarme cualquier otra cosa. ¡Como si fuera tan fácil!

Todavía no había acorralado del todo la mentira que pretendía urdir cuando regresó con una cubitera llena de hielo, se acercó al carrito de las bebidas y cogió dos vasos bajos. Se sentó a mi lado y abrió la botella, pero antes de servir la apoyó en la mesita y me abrazó, escondiendo la cara en el hueco de mi cuello, con sus labios rozando mi piel. Primero sentí un escalofrío, pero al instante la abracé con fuerza y me sentí mejor de lo que me había sentido en años. Quizá en todo el tiempo transcurrido desde su último abrazo. Permanecimos así un buen rato, en silencio. Pensé que ella iba a echarse a llorar, o yo, pero no lo hizo, y yo en consecuencia me contuve. Es más, cuando decidió separarse un poco, cosa que yo jamás hubiese sido capaz de decidir ni mucho menos de desear, estaba sonriendo, radiante.

—Te he echado mucho, pero que mucho de menos... ¡Y ahora a celebrar!

Sirvió dos copas, generosas, levantó su vaso y nos dispusimos a brindar.

—Por que no nos separemos nunca más tantísimo tiempo.

Brindé por ello, y le dimos un trago. Ella carraspeó un poco, sin perder la sonrisa. Al fin y al cabo, era una escritora muy famosa, y las escritoras muy famosas están acostumbradas a los licores fuertes. O eso me imagino; en realidad, Gini era la única escritora, famosa o no, que había conocido. Bueno, eso no es del todo cierto, porque cuando me dieron aquel premio de poesía casi juvenil a los veintialgo coincidí en la ceremonia de entrega —por llamarla de alguna manera— con una niña de catorce que había escrito un poemario erótico y a la que le concedían el accésit, si bien apenas cruzamos palabra. Me dio vergüenza hablar de poesía erótica con una niña. Creo que de poesía habría que hablar más bien poco, en general.

—¿Sabes lo que más me gusta de ti?

—La verdad es que no, Gini. Hace tiempo que me lo pregunto...

—Pues yo tampoco. Lo que sí sé es que, sea lo que sea, me gusta mucho.

Gini revolotea. Y sé que suena cursi, pero así es. Creo que ya lo he comentado hasta la saciedad, pero me encanta Gini. Y yo sí sé todo lo que me gusta de ella, aunque es difícil precisar qué es lo que me gusta más. Puede que sea esa manera que tiene de conseguir que te sientas bien, sin aparentemente hacer ni decir nada especial. Eso o su manera de revolotear. Hay mucha gente que dice cosas maravillosas e importantes y lo hace con facilidad, presteza e incluso precisión de cirujano; muchos que no dicen nada de nada pero que a cambio son capaces de esfuerzos hercúleos y sacrificios heroicos; y muchos hay por ahí más que bien dotados para la pasión, la firmeza y hasta el talento necesario para dejar al menos una huella indeleble —aunque sea de un solo pie— en su paseo por este valle de Dios sabe qué lágrimas. Pero pocos hay capaces de revolotear. Gini se mueve entre las cosas, entre las cosas que hace y las que dice, con la decisión revoltosa de quien lo quiere agitar todo y con el cuidado exquisito de quien no quiere romper nada. Si pudiese elegir un don, elegiría ése. Revolotear. Claro que ese don ya tiene dueña. Y esa dueña es Gini.

—Bueno, ¿y en qué andas, primito?

—No es necesario que me llames primito todo el tiempo.

—Ya me lo imagino, pero es que me divierte. Sé que te molesta, y eso me divierte.

—Si es por divertirte, me molestan muchas otras cosas. Deberías probar.

—Hablemos de trabajo entonces. ¿En qué tontería nueva andas metido ahora?

También era culpa mía, por animarla.

—Pues te vas a reír, pero creo que por fin he dado con algo que presenta sólidas perspectivas de futuro.

Se rio.

—Que no te rías.

—¿Cómo quieres que no me ría? «Sólidas perspectivas de futuro.» No estarás buscando una inversora, no habrás venido para eso... Te lo aviso porque mi bien ganado dinero no está disponible para mamarrachadas, por muy sólidas que sean. Bastante tengo con el caradura de mi exmarido.

—Ahora me estás ofendiendo.

Lo dije muy poco serio, y así se lo tomó.

—Espérate a luego... Dime la verdad, ¿has encontrado por fin algo medianamente interesante con lo que ganarte la vida?

—Pues por una vez creo que sí. No sé si tanto como interesante, pero cuando menos rentable. Se trata de un método bastante fiable para sacar algo de dinero jugando a la ruleta.

—Tendría que haberme imaginado que iba a ser algo así. No sé ni para qué te pregunto.

—Espera, no lo desestimes de entrada. No se trata de hacer saltar la banca del casino de Montecarlo; es algo más humilde y sensato que produce una ganancia pequeña pero casi constante.

—¿Estás hablando en serio?

—En realidad sí, pero da lo mismo, porque jamás me has tomado ni me tomarás en serio. Haga lo que haga y diga lo que diga.

—¿Por qué será? Bueno, no te enfades, es tu vida. Allá tú con tus grandes ideas. Sólo me preocupo por la niña.

—La niña está bien.

—Dile que venga a verme.

—Estará encantada, te admira mucho. Eres su única tía famosa.

—No soy famosa, soy respetada, y además vendo libros.

—A eso me refería. Perdona.

—Dime una cosa, y responde por una vez con cierta sinceridad, si es que puedes. Durante todos estos años, ¿me has envidiado? Al fin y al cabo, tú también querías escribir.

—En absoluto. Durante todos estos años me he limitado a quererte.

—Y yo a ti.

Cuando lo dijo me miró a los ojos, y supe que no mentía. Nada había cambiado. Gini siempre se había reído de mí, y no creo que jamás hubiese albergado esperanza alguna con respecto a mi futuro, o tal vez sí y precisamente por eso la había decepcionado tanto, pero, y eso yo lo sabía, siempre me había querido. No sé si como yo la quería a ella, pero nadie quiere a otro de la manera en que uno imagina o espera. Cada uno quiere, supongo, según sus capacidades y, sobre todo, según sus propias necesidades.

Yo soñaba, por ejemplo, con que ella descubriera de una vez por todas que yo era más que la suma de mis logros, y ya sé que era mucho pedir, pero para eso se sueña, y ella intuyó que se había acostumbrado sin más a quererme como una parte de su pasado que le traía algunos buenos recuerdos, y como una parte de su presente que de manera intermitente le hacía una gracia enorme. Y, desde luego, evitaba pensar en mí como parte de su futuro. Eso era al menos lo que yo imaginaba, aunque quién sabe. Con frecuencia uno se equivoca tanto calibrando a los demás como calibrándose a sí mismo.

Reconozco que más de una vez pensé —a falta de algo mejor que hacer— que Gini había desarrollado durante todos esos años, y desde el principio, una larga estrategia de seducción destinada a atraparme como una mosca en sus pegajosas redes, y que todos sus insultos y desdenes eran su versión postpunk del canto de la sirena. También confieso que cuando me daba por pensar así me sentía más ridículo y grotesco de lo habitual. Pero qué le vamos a hacer.

Y en eso estaba, soñando ensimismado con Gini en su presencia, cuando ella cambió el gesto y dijo algo que al principio casi ni escuché, o no quise escuchar, por más que me diera cuenta al instante de que algo, mi momentáneo entusiasmo al menos, estaba a punto de zozobrar, o de embarrancar, o, sin más, muy cerca de hundirse en lo más profundo del agua más oscura.

—¿Y qué pasa con lo de escribir?

—¿Qué...?

—Escribir. Antes te gustaba.

—Antes.

—Aquellos poemas no eran tan malos.

—Ahí te equivocas, sí que eran tan malos.

—Bueno, pero era un principio.

—¿Podemos hablar de otra cosa?

—¿Sigues leyendo al menos?

—Y dale con la literatura.

—Leer no es escribir.

—Ya, pero da ganas de hacerlo, y eso es algo que no me puedo permitir.

—¿A qué te refieres?

—No puedo permitirme más frustraciones, he rebasado con creces mi cuota. Pero si te tranquiliza, te diré que sigo leyendo. Me duele, pero no puedo dejarlo. Es como pensar en ti: me duele pero no puedo evitarlo. Por eso me decidí a venir a verte, pero verte es aún peor.

—Cómo te gusta dramatizar. ¿Piensas crecer algún día?

—No tengo la menor idea de a qué te refieres. He crecido mucho, muchísimo, sólo que he crecido mal.

—No das pena, querido mío. Por más que lo intentas, no lo consigues. Tal vez deberías probar con otra cosa.

—¿Otra cosa? ¿A qué te refieres? Ya lo tengo. Podría invertir en bolsa o montar un restaurante vegano o una empresa de *party boats,* como esas que circulan por la costa. Creo que eso da dinero, turistas borrachos y drogados semidesnudos flotando a la deriva..., eso deja un buen margen. Siempre he tenido madera de emprendedor, ya lo sabes. Y puedo volver a emprender. También podría volverme arrogante y estéril, convertirme en crítico literario y comenzar la reseña de tu próximo libro diciendo que los anteriores están claramente sobrevalorados y que tu voz narrativa es tan deudora de tantas otras voces que apenas sería capaz de atarse los cordones de los zapatos. Podría decir de una vez por todas que todo lo que no me empeño en conseguir me produce un hastío tan profundo que en ocasiones siento que el único que no me da pena soy precisamente yo. Ése es el menú del día. ¿Qué prefieres?

—Prefiero que te calles. Y que sigas tratando de dar pena, funciona mucho mejor. Se nota que lo tienes más entrenado, y puede que sea más propio de tu verdadera naturaleza.

De pronto ya no estaba tan seguro de que Gini revolotease tan bien, ni de que revolotease siquiera. Puede que sólo se posase sobre los tejados de los invernaderos, como las urracas o los cuervos. Me separé un poco de ella y la miré. Ya no me pareció tan guapa, ni tan especial, ni tan nada.

Y maldije esa maldita manía mía de sublimarlo todo. Y luego, claro está, esa otra de despreciarlo todo al socaire del más mínimo cambio de humor, o de mi propia e insidiosa confusión. ¿Por qué narices había tenido que ofenderla? Suponía que había ido hasta su casa para confesarle una duda; entonces, ¿por qué la atacaba? Llegado a ese punto empecé a vislumbrarle los dientes al lobo de mis viejos celos, aquellos que me hacían odiar inmediatamente cualquier cosa que ella consiguiese sin mí, ya fuera el amor, el éxito o la tranquilidad.

Bebí otro poquito de whisky para tratar de ganar perspectiva. No gané mucha.

—¿Qué más has estado leyendo? Aparte de mis novelas de zapatos desatados.

—Lo siento, Gini. No me hagas caso. Sólo digo la primera idiotez que me viene a la cabeza. Sabes que me gusta mucho lo que haces, siempre me ha gustado.

—Nunca te hago mucho caso, no te apures... ¿Qué otras cosas andas leyendo?

—Rudyard Kipling.

—Hombre, entiendo que por comparación...

—No me tortures, por favor, te resulta demasiado fácil. «Semblante audaz y conocimiento pequeño.» Ya me conoces.

—¿Eso es de Kipling?

—Más o menos.

—Pues te encaja como un guante.

Lo cierto es que después de las naderías que había dicho merecía una respuesta así, pero como lo dijo con su antigua sonrisa triste e invencible no pude avergonzarme, ni mucho menos enfadarme, y me reí. Lo cual, al fin, provocó también su risa. Nos reímos un rato como dos bobos, como dos niños. Como antes.

Mi prima me vence. Me dobla la rodilla. Allí estaba, tan pancha. Volvía a revolotear, como si nada, y al mirarla las urracas echaron a volar en busca de otros brillos, y los cuervos en busca de otros muertos. Hasta creí escuchar campanas a lo lejos, pero muy lejos, a esa distancia que marca la diferencia entre el consuelo del tañido y la obligación de la fe. Todo enredado en ese encanto infinito que tanto me atontaba y que siempre me obligaba a pensar en cosas almibaradas y estúpidas, como caminar bajo la lluvia de su mano y sin paraguas, por más que al segundo me arrepintiese.

Con las mujeres que me gustan siempre me sucede: me atonto. Y luego no las perdono precisamente por eso, y apilo mi rencor para construir una barricada, una línea de defensa. Aunque sé bien que es culpa mía, no de ellas. Y entonces intento compensar esa sensación con un exceso de admiración y embeleso, y así una y otra vez, como el yoyó de un niño torpe que acaba enredado en la cuerda y con el que ya no se puede jugar. Sólo me pasa con las mujeres que me gustan mucho; con las demás soy perfectamente normal.

No sé si esto vale como excusa, pero tengo unas cuantas amigas con las que creo llevarme de maravilla, o con las que al menos me entiendo sin tantos vericuetos, pero nunca me he descubierto soñando con besarlas, mucho menos imaginando sus cuerpos desnudos. Y ése es el problema, que cuando una mujer me gusta de verdad, me voy reduciendo a casi nada. Y ninguna me ha gustado tanto —al menos que yo sepa— como mi prima Gini. Así que no es de extrañar que con ella fuese especialmente descoordinado. Por lo del paraguas y por lo de follar.

Traté de recuperar el terreno perdido. La frase en sí tiene cierta lógica, a nadie le gusta caer tan bajo, lo que no tenía sentido alguno era intentarlo. Gini siempre había ido muy por delante de mí. Pero bueno, como dicen en boxeo, al más tonto le entra una mano. Y tal y como iba el combate, tenía poco más que perder.

Al fin y al cabo, aunque ya estaba anocheciendo, aún era domingo.

Me quedé por un segundo mirándola y, no voy a negarlo ahora, tuve un lapsus de ensoñación:

Nos casamos en una ermita. Prácticamente solos.

La elección de la ermita no la dictó el azar; los escasos invitados, sí. Necesitábamos dos testigos, llegaron dos curiosos. Un viejo cabrero y un delegado de no sé qué partido revolucionario y antisistema que andaba por el pueblo a la caza de votos. El pueblo se llamaba Guasa, estaba en la provincia de Huesca, a menos de diez minutos de Jaca, la tierra de mi abuela materna, y contaba con veintiocho habitantes censados. Si hiciésemos una proyección tomando como base a los dos que encontramos, podría decirse que el perfil de los habitantes de Guasa se dividía entre cabreros y revolucionarios. El cura lo puse yo; era mi primo, por parte de padre. Los novios también éramos primos, por parte de padre, así que a los tres nos pareció lo más apropiado. No todo era consanguíneo, no obstante. El paisaje del Alto Aragón era parte de mi herencia materna. Los recuerdos también se heredan. Cenamos los cinco en una taberna, y mi primo el cura se largó después algo achispado en su propio coche. Le dijimos que tuviese cuidado, que las carreteras de montaña las carga el diablo. No sé si le hizo mucha gracia. Era muy pío. Al arrancar el coche comenzó a sonar la banda sonora de *Las señoritas de Rochefort,* de Michel Legrand. Mi primo, aparte de muy pío, es muy cinéfilo. Llevaba un cineclub en su parroquia y todo. En fin, sonrió, subió el volumen de la música y se fue.

Pasamos la noche en una casa rural, frente a la chimenea. Yo trataba de leer una gruesa biografía de Stalin y ella se paseaba desnuda. Nos fuimos a la cama y consumamos el incesto. Nos despertaron los cantos de un herrerillo capuchino, un pájaro muy raro con el flequillo para atrás, en peligro de

extinción —cómo no—, que se estaba reprodu-
ciendo en El Chopar de Laspuña, muy cerquita de
allí, gracias al mimo del Grupo Ornitológico Os-
cense. El herrerillo cantaba al amanecer y ella seguía
desnuda, y yo también, así que lo hicimos otra vez,
y luego otra, y otra... Al mediodía desayunamos
copiosamente y nos miramos un largo rato en silencio, sabiendo que ya nada ni nadie nos separaría.

Fin del lapsus.

Y todo iba de maravilla en mis sueños hasta que
Gini habló:

—Querido primo, voy a por más hielo. Y luego me cuentas en qué andas pensando.

—¿Yo?

—No, tú no, Lord Jim. Llevas cinco minutos
mirando tu vaso vacío. Ya me dirás dónde estabas.

—Perdona, me he distraído.

—¡Menuda compañía!

Dicho esto, se fue efectivamente a por más
hielo y yo me dispuse a rellenar mi vaso.

Volvió enseguida, envuelta en su grácil revo-
loteo.

—¿Y bien?

—¿Y bien qué?

—¿En qué piensas cuando callas? Y no me vengas con tus métodos sensatos para acumular pequeñas ganancias en juegos de azar. Sé que no eres
tan tonto.

—Gracias. Estaba pensando en escribir una
biografía de Tony Orlando.

—¿Quién coño es Tony Orlando?

—Habla bien, Gini. Tus padres no se gastaron una fortuna en tu educación para que hables como un estibador de los muelles.

—Ya casi no quedan estibadores en los muelles.

—Qué bonito. ¿Es el título de tu próxima novela?

—Vete a la mierda.

—Y dale… Es igual, habla como quieras. Te diré quién es Tony Orlando: Michael Anthony Orlando Cassavitis es un cantante estadounidense nacido en 1944 que alcanzó la fama con esa canción acerca de un lazo amarillo atado alrededor de un viejo roble, «Tie a Yellow Ribbon 'Round the Old Oak Tree», que ha venido obsesionándome desde mi más tierna infancia.

—¿Y?

—Y nada. Que resulta que el famoso tema no lo escribió él, sólo lo cantaba. Lo escribieron un tal Irwin Levine y un tal L. Russell Brown, y de eso trata mi biografía, de buscar a un hombre que en realidad poco tenía que ver con la melodía y la letra que me habían llevado hasta él, pero que aun así sigue cantando esa canción, noche tras noche, en algún tugurio de Las Vegas.

Gini se sirvió un buen whisky mientras agitaba la otra mano en el aire, casi temblorosa, sobreactuando a propósito.

—Espera, creo que voy a retrasar la publicación de mi próxima novela, déjame que llame a mi agente. No creo que pueda competir con algo así.

—Tú ríete.

—No, si no me río, sólo temo por mi carrera. En *The New York Review of Books* te deben de estar ya guardando la primera página.

—Nunca me has tomado en serio...

—Tal vez sea porque nunca has dicho ni hecho nada en serio.

He de reconocer que ese último golpe me dolió. Pero no *tan en serio*. De modo que fingí apenarme mucho y me quedé cabizbajo mientras esperaba a que sonriera. Pero no sonrió.

Levanté la cabeza, y por una vez en mi vida me puse serio de verdad.

—Ya ni siquiera te hago gracia. Antes siempre te la hacía.

—Antes sí. Pero mucho, mucho antes.

Entonces se inclinó hacia mí y me dio un besito en la mejilla.

Eso me gustó. Aun así, hice como si no me importara demasiado. Siempre he pensado que hay que hacer como si no te importara demasiado, sea lo que sea y pase lo que pase.

—El problema, Gini, es que no lo pillas, y por eso te ríes de mí.

—¿Qué es lo que no pillo?

—El lazo amarillo alrededor del viejo roble. Un gesto sencillo que te obliga a volver. Una señal. La letra dice algo así: «He estado fuera, he cumplido mi condena, y ahora necesito saber lo que es mío y lo que no. Y si no atas un lazo amarillo alrededor del viejo roble, sabré que no debo volver y seguiré mi camino».

—Es una buena letra. La escribiera quien la escribiera.

—Sí que lo es, pero no sé qué quiere decir.

—¿Por eso has venido?

—Sí.

—¿Y crees que yo lo sé?

—No, pero creo que puedes ayudarme a entenderlo. Tú siempre has sabido por qué me preocupan cosas que ni yo comprendo. Y por qué luego hago lo que hago, para tratar de no pensar más en ellas.

—¿Como cuando creías que yo no sabía que me habías roto la muñeca?

—Algo así.

—No estás bien, primito. No estás nada bien.

—Dime algo que no sepa, Gini. Te lo pido por favor, dime algo que no sepa, lo que sea, dime cosas nuevas, Gini, noticias frescas, descubrimientos, por favor, Gini... ¡Dime algo que me sorprenda! Tómame en serio de una vez, aunque sólo sea por una vez. Todos mis empeños te parecerán irrisorios, pero lo cierto es que nunca he dejado de trabajar. Siempre lo he intentado, y por momentos, al menos por momentos, lo he conseguido. Nunca he dejado de esforzarme. Siempre he tratado de cuidar a mi hija, se me cae la piedra y vuelvo a empujarla, nunca me he conformado. No soy un inútil. ¡Tengo coraje! ¡No soy un vago, ni un cobarde! Concédeme eso al menos. ¡Vendí ambientadores en Arabia Saudí! Me enamoré, fracasé. Como tú, como tantos. ¡Qué te da derecho, por muy traducida que estés al arameo, a mirarme por encima del hombro! ¡Traduje a Le Carré!

—«Revisaste» una traducción de Le Carré, y apenas cien páginas...

Qué razón tenía. Creo que no fueron ni ochenta. A qué negarlo, estaba entrando en barrena, me escuchaba decir lo que decía y no podía creerme lo que estaba diciendo.

Tiré de la oferta. Había tratado de evitarlo, pero no me quedaba más munición.

—Ah, y se me ha olvidado lo más importante. ¡Tengo una oferta!

Ni pestañeó. Siguió a lo suyo.

—Siempre supe que la Barbie la habías roto tú. Lo que no sabía, ni sé, es dónde la enterraste. Ni por qué no me lo dijiste.

—Era tu muñeca favorita.

—Eso lo dirás tú. Ni siquiera me gustaba. Nunca fui muy de muñecas, y menos de Barbies, pero como no preguntas...

—Me asusté. Pensaba que te ibas a enfadar muchísimo.

—Siempre has querido pensar por mí, me imagino que por eso te ha ido tan mal con otras mujeres. Reaccionas a lo que te imaginas que van a pensar, no a lo que puedan pensar, o a lo que de hecho están pensando. Ni siquiera esperas a saber lo que de verdad piensan para establecer tu loco criterio. Tú sólo piensas...

—No pienso...

—Sí piensas.

—No me has dejado acabar: decía que no pienso pagar por esta sesión de psicoanálisis de aficionados.

—¿Ves? Siempre a la defensiva, como un gato acorralado. Por cierto, tampoco me has dejado acabar a mí.

—Siempre no. Sólo cuando me atacan. Y además, ¿por qué un gato y no un tigre o un león?

—O un dragón...

—Exacto. Y ya que estamos, si tienes tan claro lo que yo hago mal, tal vez puedas explicarme qué es lo que haces tú tan de maravilla. Porque, hasta donde yo sé, tampoco te ha ido muy bien con la tortuosa madeja de la difícil vida en pareja.

—Tú qué sabrás. ¡Y no hagas ripios! No tienes ni la más remota idea de lo feliz que he sido con algunos hombres.

—Ya, ¿y por qué no está ninguno por aquí?

—¿Y por qué habrían de estar? Eres peor que mi abuela.

—Un respeto, que tu abuela es también la mía.

—Ya sabes a lo que me refiero. Se puede vivir un tiempo, con plenitud, una situación, y después otra, y vivir tu propia vida mientras tanto. Yo me dedico a escribir, ¿sabes? Ésa es mi historia. Escribo novelas, viajo, conozco gente, me caso, me divorcio. Es la vida de cualquiera, no pretendo dar lecciones. Las cosas se tienen un tiempo y luego se pierden. También perdí un paraguas.

—Y yo un guante.

—Pues eso.

—Pues eso qué. ¿Eso soy para ti? ¿Un paraguas, un guante? ¿Un lazo amarillo?

—Pero ¿de qué estás hablando ahora?... Tú eres mi primo.

—¿Y ya?

—Bueno, ya no. No sólo eso. Mi primo favorito. Mi amigo.

—Pues mira tú qué bien. Me quedo más tranquilo, aunque igual de triste. ¿Y eso es amor?

—¿A cuento de qué hablas ahora de amor? De esa clase de amor. Tú nunca has estado enamorado de mí, te lo has imaginado. Tal vez porque yo era la única chica que conocías de pequeño. La única que te hacía algo de caso al menos. Digamos que me has sublimado, y créeme, sublimar, nunca sale bien.

—¿No hay que sublimar?

—No hay que sublimar.

—Pues vaya rollo.

Sonrió. No sé si porque le hizo gracia o porque trataba de hacer que me sintiera mejor. Puede que tuviese razón, que en el fondo me hubiese pasado la vida sublimándola. Aunque también era muy posible que fuese la mujer con la que mejores ratos había pasado charlando. Incluso los peores ratos a su lado, charlando o en silencio, eran mejores que casi todos los mejores ratos que había pasado en mi vida, solo o en compañía. Desde niño, cuando estaba con alguien siempre pensaba si el tiempo que pasaba era tiempo que contaba o tiempo que, al contrario, no contaba en absoluto. Tiempo perdido. Sé que es una manera cruel de discriminar la compañía, pero los niños son crueles, y algunos de adultos también lo somos. Al lado de Gini, pasase lo que pasase, o aunque en apariencia no pasase nada, el tiempo contaba.

Como cuando me enseñó a andar descalzo por las piedras.

Estábamos de vacaciones hace mil años en una casita que tenían nuestros abuelos en Soto del Real, un pueblo situado a unos cuarenta kilómetros de Madrid —ahora hay una cárcel—, y nos habíamos estado bañando en una piscina de plástico. Ella llevaba un bikini amarillo, a pesar de que aún no tenía pecho. Yo llevaba un Speedo con la bandera de Reino Unido, la Union Jack, lo cual era bastante embarazoso porque las franjas de la bandera convergían en mis genitales.

Para secarnos al sol, y antes de comer, dimos un paseo por el campo. La casa era la última del pueblo frente al monte. Yo empecé a saltar como un pusilánime porque se me clavaban las piedrecitas en los pies; ella, en cambio, caminaba derecha y tranquila, como si nada. Entonces se volvió y me dijo: «Tienes que pisar con todo el pie, con la planta firme para no hacerte daño». Le pregunté cómo era que sabía tanto de andar descalzo por las piedras, y ella respondió: «Lo he leído en un libro. Es lo que hacen los suajilis».

Me dejó muy impresionado, y lo cierto es que seguí su consejo. Funcionaba.

Yo siempre la he querido, diga lo que diga ella. Y ahora no se le ocurre otra cosa que llamarme «paraguas». Hay que joderse.

De vuelta en su salón, Gini pasó una mano por delante de mi cara. Como un mago de feria tratando de despertar a un falso sonámbulo.

—Vuelve, primo, vuelve.

—Perdona, Gini, es que por un momento me he perdido.

—¿Dónde?

—¿Dónde? No lo sé. Pregúntaselo a tu puto paraguas.

—Jesús, cómo eres.

—Pues sí, cómo soy. Sabrás mucho de suajilis, mi querida Gini, pero de mí no sabes nada.

—Pero qué dices ahora de suajilis...

En ese momento, gracias a Dios, escuché un tintineo, y al mirar hacia mi vaso vi que los hielos se movían.

—¡Se mueve!

Ella también se sobresaltó, creo que más por mi grito que por otra cosa.

—¿Qué?

—¡Todo!

Me miró entre incrédula y preocupada, pero yo no me estaba volviendo loco. En efecto, todo se movía, no mucho, pero se movía.

Las botellas esmeriladas, los cristales de las ventanas, los hielos en nuestros vasos y en la cubitera, las porcelanas, las cucharillas de té, hasta las escasas monedas en mis bolsillos... Todo lo susceptible de tintinear tintineaba. Si acaso muy suavemente.

—¡Terremoto!

Según lo dije, el temblor cesó y la casa se quedó en silencio.

—No nos volvamos locos, apenas ha sido una pequeña vibración. Tal vez estén haciendo obras en el metro.

—¿Qué metro ni qué puñetas? Ha sido un terremoto. Pequeño, pero terremoto. Y vendrán más, y tal vez sean réplicas monstruosas, y tsunamis. Estas cosas siempre traen tsunamis. Lo he visto en la tele.

—¿Tsunamis en Madrid?

—Ahí tienes razón. Pero en cualquier caso deberíamos hacer algo.

—¿Qué es lo que, según tú, deberíamos hacer? Yo apenas he notado nada. Tal vez era un vecino pasando la aspiradora, o usando un taladro, o haciéndose un batido de chocolate.

—Pero qué taladro, ni qué aspiradora, ni qué chocolate... ¿Estás loca? Puede que nos quede poco tiempo, en cuyo caso deberíamos hacer algo que siempre hemos querido hacer pero nunca hicimos, algo a lo que nunca nos hemos atrevido a pesar de nuestros evidentes deseos mutuos, a pesar de que nuestro instinto lo reclama sin cesar, como reclaman los mendigos en las calles de los países pobres y extranjeros. Deberíamos besarnos e incluso acostarnos, o algo así. He leído que estos movimientos sísmicos vienen siempre en cadena y a menudo *in crescendo,* qué digo a menudo, siempre, siempre *in crescendo.* ¿Y si el siguiente es el definitivo? ¿Y si ésta es nuestra última oportunidad? No querrás que acabemos como las figuras de Pompeya, sin haberlo disfrutado antes.

—No pienso acostarme contigo. Ni aunque sea el fin del mundo.

—Con un simple no hubiese bastado.

Gini se levantó y se asomó al balcón, y yo la seguí. No he vivido muchos terremotos, pero sí alguna explosión, un par de incendios, un apagón, muchas fiestas ruidosas y alguna tormenta especialmente virulenta. En estos casos la gente siempre se asoma al balcón, para comprobar el alcance del desastre o su cercanía, para compartir sus miedos, para tratar de ayudar o para proferir amenazas y exigir silencio (en el caso de las fiestas, no contra los truenos, los incendios o las explosiones, claro está). O simplemente por curiosidad, por ver cómo algo terrible sucede y aún no a nosotros.

En la calle no había nadie asomado. Si había sido un terremoto de verdad, debía de estar en la parte insignificante de la escala de Richter y confirmaba algo que siempre había pensado, y que Gini sabía muy bien: que tiendo a magnificarlo todo.

En eso sonó un timbre.

—No será tu marido.

—Tranquilo, tiene una orden de alejamiento. Puede ser un error, nadie toca el timbre en domingo, y menos sin avisar. Bueno, tú sí.

—Está claro que yo no puedo ser... Por si acaso no contestes.

—¿Eres tonto? ¿Y si no te hubiese contestado a ti?

—Pero es que yo sí que era yo.

En ese punto he de reconocer que alcé la voz más de lo necesario.

—¡No contestes, te lo pido de rodillas!

Lo dije, que quede claro, sin arrodillarme. Pero no sé qué altura me confería eso.

—Ah, ya sé... Debe de ser Fernanda, una buena amiga. Habíamos medio quedado en vernos esta tarde, aunque ella no estaba segura de poder venir, tenía lío con los niños, no sabes cómo es. Te va a gustar. Está un poco chiflada, pero es estupenda.

El timbre volvió a sonar. Era estupenda y persistente. ¿Fernanda? ¿Otra vez Fernanda? No podía estar pasándome esto.

No sabía qué decir que no pudiese ser utilizado en mi contra. Decidí hacerme el tonto, por si acaso. En la mayoría de las ocasiones es lo más sensato.

—Claro que no sé cómo es, no la conozco de nada, no tengo ni la más remota idea de cómo es, ni quiero saberlo. ¡No abras! Fingiremos que no estás. No se te ocurra abrirle el portal.

—No es el telefonillo del portal, es el timbre de la puerta, y ya te habrá oído gritar como un loco.

—¿El timbre de la puerta? ¿Qué locura es ésta? ¿Tiene llave del portal?

—No seas absurdo, se habrá cruzado con algún vecino que salía o entraba. No entiendo por qué te tiene que dar un ataque de pánico porque venga una buena amiga. Anda, ve a por más hielo. Nunca entenderé por qué le tienes tanto miedo a todo.

—Yo no le tengo ningún miedo a todo, o sí, y además, ¿por qué no habría de tenerlo? ¡Mi miedo es mío!

Ni caso me hizo. Se fue derecha hacia la puerta. Recé para que otro terremoto sacudiese la casa y la destruyese hasta sus cimientos con los tres dentro, pero tampoco Dios me escuchó. ¿Dónde están esas malditas réplicas sísmicas cuando uno las necesita? Yo, por si acaso, agarré la cubitera y me fui corriendo a la cocina, a por más hielo. Eso al menos me daría unos segundos de ventaja. Traté de pensar deprisa. Tal vez era otra Fernanda, debe de haber al menos un millón de Fernandas en el mundo, ¿por qué tenía que ser la misma? ¿Qué probabilidades había de que así fuera? Según mis apresurados cálculos, estaba más que claro: una entre mil. Pero, qué demonios, a algún imbécil distinto le toca la lotería de Navidad cada año, y las probabilidades son un millón de veces menores.

Desde la cocina escuché cómo se saludaban, pero la voz de Gini tapaba la de la inquietante invitada sorpresa. Gini siempre ha tenido buena voz y tiende a hablar demasiado alto para mi gusto, pero la quiero tanto y desde hace tanto tiempo que tal vez por eso no lo he comentado antes, ni debería comentarlo ahora; el asunto es que por culpa de su manía de hablar a gritos yo no podía escuchar a la tal Fernanda, para saber de una vez por todas si me enfrentaba a una estúpida casualidad o a mi destino. Mientras esperaba el veredicto, luchaba con denuedo contra las hieleras. Habría que matar a quien inventó las hieleras, las de metal y las de goma, porque estaba probando con las dos y ambas se resistían de manera absurda. Como si en lugar de cubitos de hielo para el whisky se consideraran las guardianas del código genético del primer homo sapiens. Por fin salieron los dichosos hielitos, y mientras se desparramaban indefensos y vencidos por el fregadero no pude sino maldecirlos en silencio y recordarles en voz baja que es la culpa la que mejor guarda el pasado. Y no el hielo.

Fue entonces cuando Gini gritó mi nombre. Precisamente la palabra que más odio.

—¡Federico!

Por supuesto, no contesté. Nunca contesto a ese nombre. Me lo puso mi madre por culpa de Lorca, que Dios lo tenga en su gloria, pero nunca he podido soportarlo. No por Lorca, qué culpa va a tener, sino el nombrecito en sí. Si uno se para a pensarlo, y yo tuve toda una larga y desgraciada infancia para hacerlo, es un nombre absurdo que parece un diminutivo sin serlo. Nadie nunca me ha llamado así desde que me empezaron a salir un par de pelos en el bigote y obligué a todos mis familiares y conocidos a llamarme de otra forma, y en caso de no hacerlo ya podían olvidarse de mí. Ni que decir tiene que muchos prefirieron la segunda opción. Todo esto lo sabía Gini mejor que nadie, y por eso lo hacía, para humillarme y fastidiarme y repatearme, porque a veces se cree muy graciosa, sobre todo cuando hace algo que no tiene gracia alguna, y me hace daño, y hay extraños alrededor.

—¡Federico! —insistió—. ¿Vienes o no, cielo? Tenemos visita.

Metí los hielos en la cubitera y traté de calmarme un poco. Mientras avanzaba por el pasillo escuché por fin la voz de Fernanda, de la misma Fernanda, con su dulce acento y su risa fácil. Si me quedaba alguna duda, que no era el caso, se hubiese disipado al verla. Era la misma mujer de esa mañana en la fiesta de Halloween, ya sin máscara, la misma chica de entonces, la misma del maldito sábado, que reptaba de vuelta hasta este maldito domingo más de veinte años después. Me puse colorado como un tomate, algo odioso que me sucede desde niño, las orejas me ardían y temí que me alcanzase el rayo fulminante de otro de mis episodios. No hubo suerte. Me quedé por un instante allí quieto, como el pasajero de un vuelo cancelado, hasta que por fin conseguí decir algo:

—Hace un calor horrible. ¿Abro una ventana?

Una vez más, mi querida prima ni se molestó en contestarme.

—Ven, quiero presentarte a mi amiga Fernanda.

Me acerqué a la hermosa Fernanda e intercambiamos los besos al aire de rigor.

Ella dijo:

—Hola de nuevo. Dos veces en un día... Nos hemos visto en la fiesta del colegio.

—Ah, claro, que lleváis a los niños al Internacional... Has traído hielo, qué bien. Fernanda es muy buena con el whisky, ya verás. Es capaz de tumbarnos a los dos.

Fernanda se sentó sin corroborar ni desmentir este punto y se limitó a reírse de nuevo. Al parecer, a la tal Fernanda le hacía todo una gracia tremenda. Levantó su vaso mientras Gini le servía un buen trago. Gini hizo lo propio con el suyo y después dejó la botella en la mesita, como si yo no estuviera. Y como si yo no estuviera, empezaron a parlotear muy excitadas, como dos amigas de la infancia que no se vieran desde hacía lustros. Me serví mi propia copa y me quedé allí sentado, mirando como un bobo y escuchando la conversación más insensata y descoordinada que creo haber escuchado en todos los días de mi vida, y eso que he escuchado unas cuantas.

La cosa sonaba más o menos así, y no voy a pararme a indicar si hablaba una u otra porque lo mismo daba, y en cualquier caso eso no contribuiría un ápice a entenderlo mejor:

... a que no sabes a quién he visto, no puede ser, y tanto, ¿cuándo?, la semana pasada, el jueves, no, espera, el martes, el día de lo de las flores, qué bonitos los centros, por cierto, lástima lo del local, está bien para muebles, pero para flores queda frío, se lo dije a Adela, pero no me hizo ni caso, además, como está con lo de Joaquín la pobre, tampoco quise darle más disgustos, qué putada lo de Joaquín, pero bueno, también tendría que haberlo visto venir, ¿y quién lo ve venir?, ahí tienes razón, bueno, pero dime cómo la viste, bien, había estado en Zúrich con su sobrina, cerrando el tema de la exposición, sí, sí, ya está cerrado, marzo, creo, nos avisará cuando tenga la fecha, mi padre si puede estará, pero puede que no, porque está medio loco con todo lo suyo y tampoco tiene edad para ir de aquí para allá como un viajante de comercio, aunque ganas no le faltan, ya sabes cómo es, ¿y te comentó algo?, no, de lo nuestro nada, pero tampoco iba a sacar el asunto allí, porque estaban todos delante, sí, Julián también, y la embajadora...

Al decir «la embajadora» se echaron las dos a reír, debía de ser la monda lo de la embajadora. Y así continuaron un buen rato, enzarzadas en esa conversación críptica para los no iniciados de la que no conseguí sacar mucho en claro.

Cuando me levanté y me dirigí al balcón ni siquiera se volvieron, tan entretenidas estaban la una con la otra. Me asomé a la calle y me encendí un cigarrillo mientras las urracas parlanchinas seguían hablando y hablando de cosas a ratos divertidísimas y a ratos gravísimas y a ratos tristes y a ratos escandalosas, con sus ohs y sus ahs y sus ¡quién lo hubiera pensado!

Traté de dilucidar algo acerca de la verdadera identidad de esta Fernanda que viajaba en el tiempo con tan admirable soltura, y me pregunté qué podría ser lo que la unía a Gini en esa profunda amistad que al parecer se profesaban. El siguiente tramo de la confusa conversación ayudó un poco más, tal vez porque decidí, y creo que con buen criterio, discriminar la voz de Fernanda para acotar el asunto. Todos hemos hecho eso alguna vez de niños, cuando muchos hablan a la vez en el recreo, o en una cena familiar, y uno sólo trata de encontrar la información que le incumbe, o la voz que de verdad le importa. Separé las dos voces en mi cabeza, y esto fue más o menos lo que entendí:

—No la veo desde París, y la encontré muy cambiada, qué quieres que te diga. Mayor no, rara. No digo que se haya operado... Triste, sí, puede que sea eso, la vi triste. Con la casa nueva feliz, aunque aún queda mucho por hacer; la zona es maravillosa, un poco sosa por la noche, pero con los niños yo ya casi ni salgo. Y el Retiro y el Prado a la vuelta de la esquina, qué más se puede pedir. A mis restaurantes tengo que ir, qué remedio, pero acabo agotada y luego no me quedan ganas para más mambo. Vamos a abrir otro en La Moraleja, y te puedes imaginar que no doy más de mí. Y mira que lo intento. Me estiro y me estiro y no llego. Lo de la Feria de Guadalajara sigue en pie y no me puedes fallar. Además, puedes venir después de la promoción en Nueva York, desde ahí apenas son cinco horas. Ah, si vas a San Francisco mejor, más corto aún. ¿Eso cuándo lo tienes, antes o después de Los Ángeles? Los Ángeles, pues perfecto, y guárdate unos días para el D. F.

Al parecer tenían muchas amistades comunes, y puede que un pasado conjunto o al menos cercano en la época en que Gini estuvo estudiando en París. La vida, en cualquier caso, las había juntado más de una vez.

Si bien Fernanda parecía dedicarse a la restauración —como propietaria, desde luego, no como camarera—, no era en absoluto ajena a los circuitos literarios, ni a las ferias del libro que en el mundo son. Y son muchas. No es que yo tuviese gran experiencia en el ramo, pero las correrías de Gini y sus incontables triunfos me habían familiarizado, si acaso un poco, con la gran cantidad de eventos literarios que se suceden a lo largo y ancho del globo temporada tras temporada. Siempre que uno tenga algún éxito, claro está. Y Gini lo tenía, y mucho. Bastaba con introducir su nombre en internet para encontrarla aquí y allá, en Frankfurt, en el Cervantes de Nueva Delhi, en Cartagena de Indias o en Sant Jordi. Me pregunté si Fernanda sería, además de dueña de al menos un par de restaurantes, editora, o si su marido era editor, o gestor de algún gran grupo editorial. O su padre. Algo de su padre habían dicho. Puede que fuese la heredera díscola de una gran fortuna latinoamericana y que jugar a camarera hubiera sido una mera diversión juvenil. O tal vez lo había conseguido todo ella solita durante estas dos décadas largas en las que yo apenas había conseguido nada, por más que me diese una rabia horrible reconocerlo. Me acordé de lo rápido que había decidido su condición social, y lo erróneamente que la había catalogado —¿no se juzga siempre así?— al verla tras una barra con su formidable encanto y su exótico acento. Y pensar que la creí impresionada por la compañía de un par de idiotas presuntuosos, de los cuales uno —es decir, yo— se las daba de niño de papá sin serlo. Sin saber esquiar siquiera. Ni sobre nieve ni mucho menos sobre la superficie del agua tras una lancha motora. ¡Si apenas había dado un cursillo de un año en un club de tenis de segunda fila!

Con el fin de avanzar unos pasos en mis pesquisas y completar el retrato, intenté centrarme ahora en las frases sueltas de Gini, que por una vez no ocupaba el mayor porcentaje del total de la conversación.

—No sé por qué, pero siempre me imaginé que acabarías en Madrid. Al fin y al cabo, aquí empezaste tus locas aventuras. ¡De camarera! Si no me lo hubieses jurado, nunca lo habría creído. Me imagino lo que diría tu padre. No, tu madre ya lo sé, es un amor, lo hablé con ella en Miami, cuando la boda de Laura, y creo que le hizo hasta gracia, o eso dice mil años después, viendo lo bien que ha salido todo. La verdad es que deben de estar impresionados con todo lo que has conseguido. Yo al menos lo estoy.

Estaba claro que Fernanda había triunfado en la vida, con la ayuda de su fortuna familiar o por sus propios méritos, o ambas cosas. En eso no podía por menos que fiarme de Gini, quien, a pesar de todas mis impertinencias y de mi eterna manía de tratar de molestarla sin conseguirlo, contaba con mi más absoluto respeto en todo cuanto atañía a su criterio en cualquier asunto salvo en el amor, porque ahí, por mucho que ella lo negase, me daba que sus elecciones habían sido casi siempre erráticas. Y su olfato, pésimo. Con lo lista que era para todo lo demás... También puede ser que al pensar en Gini sólo sonara en mi cabeza el motor encendido de mis celos, atronando como lo que quedase en pie de la industria siderometalúrgica, o como el camión de la basura un lunes de resaca, o como las cien mil vuvuzelas del maldito Mundial de Suráfrica, o como... En fin, que mis repugnantes celos hacían un ruido tremendo.

Al fijarme mejor en la calle, descubrí frente al portal un Mercedes con un chófer encorbatado que fumaba un cigarrillo apoyado en el capó.

Hacía mucho tiempo que ya no era camarera del Vips. Lo mismo era la dueña de un emporio que incluía el Vips y no sé cuántas editoriales. Lo mismo era Dios, un Dios vengador que venía por mí, o un dios misericordioso —de ahí las minúsculas— que venía precisamente a lo contrario, no ya a perdonarme sino, más allá y mejor, a absolverme y a negar la mayor del peso imaginario de mi culpa. A dar el caso no por prescrito sino por sobreseído, y no por falta de pruebas sino —¿es esto posible en términos jurídicos?— por falta de hechos.

No me atrevía a soñar tanto y tan lejos, pero, por otro lado, ¿por qué no? ¿Y si en realidad no tenía yo más culpa que la que me había inventado y me había obligado a mí mismo a cargar de manera perpetua, como cargan un reo o un fantasma sus cadenas?

¿Y si al final de todo este absurdo embrollo era del todo y desde el principio inocente?

Seguí fumando en el balcón, un cigarrillo tras otro, sin escuchar por un rato a ninguna de las dos. Enredado sólo en mis propias acusaciones y empeñado en mi propia defensa. Por qué o cómo me defendía, no lo sé; a falta de un término mejor, se me ocurre pensar que por mero instinto de supervivencia. Por eso y armado sólo con eso.

En un momento dado el chófer miró hacia arriba, distraído, y en un movimiento reflejo di un paso atrás para que no me viera, como si tuviese algo que esconder. Muy limpia no debía de tener la conciencia.

En eso, Gini y Fernanda reclamaron de nuevo, y por fin, mi presencia. Dios las bendiga, pensé, sea el dios que sea.

—Pero ¿qué haces ahí? Ven, que te estás perdiendo lo mejor.

Obedecí de inmediato, y me senté con ellas.

—Estamos hablando de Andrea. No la conoces, pero ya verás qué historia, te va a encantar. Cuéntaselo tú, Fernanda, que sabes mejor los detalles.

Fue entonces cuando Fernanda me miró por primera vez a los ojos, y cuando me di cuenta de que la fascinante historia de Andrea no le interesaba lo más mínimo. Y pude jurar que estaba allí para verme a mí, aunque yo no era capaz de entender cómo podría haber sabido que iba a estar allí si ni yo mismo lo sabía antes de decidir, sin que esa decisión tuviese ninguna lógica, ir a visitar a mi prima después de tanto tiempo sin verla. Tampoco le encontraba explicación alguna al hecho de que esa mujer aparecida de la nada desde el lugar más oscuro de mi memoria fuese de pronto poco menos que la mejor amiga de Gini. También me sorprendió, confieso, lo rápido que se había deshecho de su disfraz de mujer pantera y lo poco que había tardado en ponerse ese otro de mujer que ha dado la vuelta al mundo al menos dos veces. He de reconocer, no obstante, que era un disfraz exquisito.

Apenas unos jeans gastados por el uso, no comprados ya con agujeros como los de los futbolistas y las mujeres y los hijos y las hijas y hasta las madres de los futbolistas, unas bailarinas de rafia y una blusa sin mangas con florecitas bordadas con cuidado artesanal, puede que ecuatoriano, sobre honesto algodón. O lino. O yo qué narices sé. Sobre el sofá había dejado una chaqueta de piel, seguramente sintética, aunque en realidad me preocupaba más bien nada. Al fin y al cabo, era mi pellejo el que se encontraba en peligro. El caso es que estaba, otra vez y como siempre, preciosa. No tanto como Gini, eso a mis ojos no es posible, pero casi. Lo cual me inquietaba mucho, pero no tanto como la razón última, o primera, de su extraña, inesperada y más que incómoda visita. Incómoda para mí al menos.

Estaba empezando a preocuparme mucho cuando sonó un teléfono. Con un ring, sin musiquitas. Era el fijo.

Gini se levantó y respondió la llamada.

Escuchó un segundo y su rostro se tornó severo, como el de un juez del Supremo.

—La respuesta es no, como es lógico. Y no vuelvas a llamar o te echaré de nuevo encima a mis abogados.

Sin más, colgó.

Me imaginé de qué se trataba, y Fernanda parecía estar segura.

—¿Era él?

—Será cretino… Ahora dice que aceptaría la mitad. ¿La mitad de qué? No pienso darle un céntimo.

—Pobre idiota.

Eso lo dijo Fernanda, y me pareció apropiado repetirlo.

—Pobre idiota, no se puede decir mejor.

Estaba seguro de haber acertado uniéndome a su criterio, pero las dos me miraron como si de pronto hubiese opinado el repartidor de pizza en un asunto familiar.

Se rieron a la vez. Cuanto más sincronizadas estaban, más miedo me daban. De nuevo me ruboricé, es de entender. Si coincidían tanto en todo, coincidirían también en mi veredicto.

Ruborizado o no, tenía que pasar al contraataque.

—Quiero decir: que no hay derecho a que nadie pretenda apropiarse de parte alguna del fruto de tu talento y tu esfuerzo.

—Déjalo, Federico, me defiendo bien yo sola.

Y bueno, hasta ahí llegó mi contraataque. Y el asunto en sí. Al instante se pusieron a charlar alegremente de esto y aquello. Como si la llamada no hubiese existido.

Sentí por fin lo que los neurólogos llaman el umbral. Un extraño olor a azufre que te avisa del próximo ataque de epilepsia.

Repetí en voz muy baja mi palabra clave: Bárbara de Braganza. Ya sé que son tres, pero no deja de ser mi palabra clave. Puede que esto último precise de una explicación. En situaciones de tensión, y tensión incluye cualquier agitación del ánimo, tanto negativa como positiva, y ante el extraño aroma que, a falta de otra referencia, suele considerarse olor a azufre, el paciente tiende a mostrar síntomas de afasia, es decir, dificultad en el habla; de ahí que cada uno tengamos una palabra clave de enrevesada fonética que nos ayuda a saber diferenciar si de veras se trata de un episodio completo o tan sólo de otro de los muchos sustos a los que tan acostumbrados estamos.

Se trataba de lo segundo, porque lo dije del tirón y sin tropezar. Bárbara de Braganza. Lo repetí un par de veces, por si acaso, y me quedé más tranquilo, hasta que me di cuenta de que sin querer lo había dicho en voz alta.

—¿Bárbara de Braganza?

Lo preguntó Gini, mientras Fernanda me miraba con esa cara que se pone cuando no se sabe qué cara poner.

—Perdón, me he acordado de algo.

—¿De qué?

—De algo que tengo que hacer mañana sin falta.

—Qué raro eres, primito.

—Pensé que me querías.

—Y te quiero, pero una cosa no quita la otra.

—Vale, especifica. Raro ¿cómo? ¿Cuánto?

Estiró las manos todo lo que pudo. Y entendí que eso era mucho. Muy raro.

Fernanda, mientras tanto, lo miraba todo —y supongo que lo escuchaba todo— pero no decía nada. Como un juez de tenis subido en su altísima silla.

Me pregunté en qué estaría pensando, y cuándo iba a anular mi saque o mi resto, o a expulsarme de la pista por comportamiento inadecuado para con las reglas del club. No hizo nada de eso. Cogió uno de mis cigarrillos y lo encendió.

—Y pensar que había dejado de fumar.

Dio una larga calada y acto seguido lo apagó en el cenicero.

—Pues ya está, ya lo he vuelto a dejar.

Se hizo un segundo de silencio, pero no pasó ningún ángel. Al contrario, me miró muy seria. Tampoco digo que fuera un demonio, no malinterpretemos.

—Necesito tu ayuda, y no puedes negarte.

La maldita réplica sísmica. Tanto rezar por ella, tenía que llegar.

—¿Mi ayuda?

—Necesito saber qué pasó esa noche.

Miré a Gini en busca de socorro, pero ella al parecer ya estaba al tanto de aquel sábado. De hecho, se sumó a la pregunta.

—¿Qué pasó, Federico?

Contesté sin pararme a pensar.

—Yo estaba inconsciente.

—Puede que te sirva como excusa, no como razón. Aquella noche te llamé y tú no acudiste.

172

—Estaba muerto.

—El que se desangraba era tu amigo.

—Narcolepsia. Es una enfermedad diagnosticada, asociada con la epilepsia. Que te lo diga Gini.

Como Gini no decía nada tuve que alzar la voz, cosa que me espanta y que hago a menudo.

—¡Gini, díselo!

—Creo que es cierto.

—¿Cómo que crees?

—Vale, sí, te desmayabas todo el tiempo, pero tu madre decía que exagerabas.

—Ah, muy bien, exageraba. Como exageran los cojos y los ciegos, supongo, y los altos, los enanos, los rubios, los negros, y los de ojos verdes, y los geranios, las margaritas, las tumbas y las fosas comunes. Y las jirafas, joder, ésas sí que exageran. ¡Si a una condición dada y reconocida la llamas exagerar, apaga y vámonos!

—Sólo tratas de salvarte diciendo cosas entre furiosas y supuestamente ingeniosas.

—¿Salvarme de qué?

Fernanda se rio, no con una risa cruel sino con una suave y amable. Y luego dijo:

—Salvarte de nada.

—¿Perdón...?

—Ése es el asunto, que no hay que pedir perdón alguno. Ni siquiera lo pasamos tan mal. Fue una noche rara, eso sí. No voy a extenderme demasiado, todo eso lo dejé atrás hace mucho tiempo. Me casé con un hombre a quien creo que amo, tengo mi trabajo, y tengo a mis hijos, y una pequeña cadena de restaurantes. Pero no voy a presumirte de nada, soy muy feliz un jueves cualquiera y no tan feliz el día siguiente.

»Resumiendo: nací en Venezuela, pero me crie en Miami, y en aquella época vivía con mis papás, estudiaba ciencias empresariales, pensé que me había enamorado y luego resultó que no, estaba harta de lo que fuera y me fui de casa. Quería demostrarles a mis padres que podía ganarme la vida antes de heredar su fortuna, que por cierto es también la mía, porque era de mi abuelita, que tenía y comandaba plantaciones de café. Me vine a Madrid, a casa de una amiga con la que había ido al colegio en Miami, amiga de Gini también, la has visto esta misma mañana, la otra Catwoman. Me presenté al primer trabajo que encontré recortando un anuncio del periódico. Camarera del Vips de López de Hoyos, por qué no. Necesitaba tiempo. Una noche, esa noche, os conocí, me caísteis en gracia. Quiero decir que erais graciosos de puro torpes. Tú me pareciste medio interesante, pero Chino me gustó de veras. Tenía más swing.

»Me llevasteis al sitio más feo de Madrid. Os las dabais de conquistadores entre palmeras de plástico. La música era horrible. Luego hicimos esa fiestecita en la casa, me enseñasteis como sin querer los coches del garaje, pero por aquel entonces ya los había visto mejores. Chino y yo nos acostamos. Él iba tan mal, tan borracho, que ni podía, es decir, no pudo; se puso a jugar con su escopetita como para impresionar, o como para pasar el mal trago, y resulta que había una bala en la recámara y se voló el dedo de un pie. Le hice una cura de urgencia, llamé al 091 (¿era ése el número?, ya no me acuerdo), a emergencias, mientras tanto cuidaba a Chino, que estaba asustadísimo, y también te llamaba y te llamaba y te llamaba, pero tú no venías. Me asomé al salón y estabas como muerto, tumbado en el suelo, pero respirabas. Pensé que nunca había visto a nadie dormir tan profundo. Seguí cuidando a Chino, que sangraba como un puerquito y me suplicaba, me imploraba que no se lo contase jamás a nadie. Escuché la sirena de la ambulancia cada vez más cerca, Chino me dijo que me escondiera, por mi bien, y me escondí. Al fin y al cabo soy una rica heredera y tenía que salvaguardar mi reputación. Y, si te digo la verdad, tampoco quería darles un disgusto mayor a mis padres. Bastante preocupados estaban ya con mi fuga. La verdad es que tu amigo se portó como un caballero, abrió la puerta cojeando con el pie envuelto en una toalla sobre las gasas que yo le había puesto a toda prisa. Les dijo que estaba borracho y que jugando con la escopeta se había disparado en un pie, lo cual era cierto. Lo tumbaron en una camilla y se fueron todos corriendo. A ti ni te vieron. Después limpié la sangre lo mejor que pude, hice la cama, volví a asegurarme de que respirabas dormido. Pensé en subirte al sofá, pero calculé tu peso y el mío y decidí que no. Que por una noche ya había hecho demasiadas tonterías y demasiado esfuerzo. Y luego me fui.

Me vi obligado a hacer una pregunta pertinente, al menos para mí.

—¿Cómo me llamabas, cuando me llamabas y no respondía?

—Creo recordar que «chico», o «tú», o «el otro». Como no tenías nombre... Y aún no sabía que te llamabas Federico.

—Y dale... ¿Y cómo lo supiste?

—Me lo dijo Gini. Le conté lo que me había pasado hacía muchos veranos en Madrid con un tal Chino y un chico sin nombre; le conté dónde os había conocido y adónde me habíais llevado, y que erais los dos muy guapos. No lo había hablado nunca antes con nadie, pero al regresar a la ciudad me volvió el recuerdo y con él la desazón de no saber qué había sido de aquellos dos muchachos.

He de reconocer que me encantó la parte de «los dos muy guapos». Sé que es una tontería, pero me hizo una ilusión enorme.

Al escuchar su nombre, Gini no pudo por menos que inmiscuirse.

—Un tal Chino y otro que dice no tener nombre, López de Hoyos y un chalet en El Viso, escopetas de caza. Dos y dos eran cuatro, y el chico sin nombre: Federico. Lo de muy guapos es cosa de ella, yo me reservo mi opinión...

—Calla, Gini, que me pierdo lo mejor.

—No, si ya casi he terminado. Eso fue ni más ni menos lo que sucedió. Durante todo este tiempo sólo te he reprochado que no me ayudases a pasar el mal rato, y sobre todo a curar a tu amigo. Ahora, que si es una enfermedad diagnosticada...

—Narcolepsia.

—Pues eso. Ya está todo explicado. Y ahora, si no os importa, me voy. La fiestecita esa de Halloween me ha dejado rendida, y aún tengo que acostar a los niños.

Pues dicho y hecho; se levantó y besó a Gini en las mejillas mientras la abrazaba, y luego a mí sin rozarme la piel y sin abrazo.

Menuda mujer, ni Hercule Poirot resumía las tramas mejor y más deprisa.

Antes de irse dijo algo más desde el quicio de la puerta, como solía hacer otro famoso detective, el teniente Colombo.

—Adiós, Ginis. Nos vemos pronto.

Luego cerró y se fue.

Nos quedamos las dos Ginis solas, y puedo jurar que mi prima sonreía. Creo que todo el episodio le había hecho mucha gracia, o al menos había servido para entretener un domingo que horas antes se presentaba aburridísimo.

Me senté, abatido. Gini se dio cuenta.

—¿Una cerveza fresquita?

Lo cierto es que mi prima lee la mente. También es verdad que mi mente es muy fácil de leer. Sobra la telepatía.

Se fue a la cocina y volvió con dos cervezas. Ella se la sirvió en un vaso y yo, fiel a mi costumbre, bebí de la lata. Eran Mahou y estaban heladas. Que Dios la bendiga, pensé.

—¿Y bien?

—Más o menos. Aún me quedan un par de preguntas.

—Tú dirás.

—¿Por qué Wisconsins ha dicho «adiós, Gini»? ¿O he oído mal?

—Bueno, eso es un poco culpa mía. Hace no mucho, sin querer, le conté lo de tu nombre. No lo de Federico, sino lo del otro nombre.

—¿Qué le contaste?

—Que Gini ibas a ser tú. Que tu madre estaba segura de que eras una niña, que lo sentía por dentro, infalible intuición femenina, y que ya te había llamado Virginia y te había puesto el cuarto de color de rosa, con ropita rosa, la pobre, y que luego naciste tú, y te quedaste en Federico. Qué disgusto se agarró. La siguiente en nacer en la familia fui yo y te robé el nombre, o me lo prestaste tú, o lo que sea. Le conté que por eso estamos tan unidos, aunque no nos veamos casi nunca. Y que por eso tú detestas llamarte Federico y yo adoro llamarme Gini.

—Así se lo dijiste...

—Así, tal cual. ¿Te molesta?

—No especialmente.

—Pues mejor. Tenías otra pregunta, ¿no? Dijiste que eran dos.

—Ah, sí, gracias, casi me olvido... La otra pregunta. ¿Cómo sabía que iba a venir precisamente este domingo? Ni siquiera yo lo había pensado, hasta que lo pensé.

—No lo sabía. Me escribió diciendo que te había encontrado en la fiesta del colegio, y yo le comenté que en cuanto supiera de ti la avisaría. Pensando que podría ser la semana que viene, dentro de un año, o nunca. Porque contigo nunca se sabe. Y al rato llegaste tú y le mandé un mensaje desde la cocina. Y al poco apareció ella y luego... Bueno, luego ya sabes lo que ha pasado.

Sí, al menos eso lo sabía. Acababa de suceder.

—¿Por qué me mentiste antes?

—Porque hubieras salido huyendo.

Fumamos en silencio, cosa que agradecí. Me temía que iba a necesitar tiempo para asumirlo todo y ordenarlo en mi cabeza. El silencio se alargaba como los trenes de alta velocidad; es decir, que era muy largo pero pasó muy deprisa.

—¿Estás mejor?

—¿Mejor que qué, que quién, que cuándo?

—Mejor que tú, antes.

—Eso sí.

—Pues no sabes cuánto me alegro.

Mi lata de cerveza estaba vacía. Sé que no es un drama, pero me apetecía horrores otra.

—¿No tendrás otra cerveza?

—Sí, claro, siete u ocho. Si quieres te las pongo en una bolsa.

—¿Cómo que en una bolsa?

—Me temo que tendrás que bebértela en tu casa. Yo aún tengo mucho que hacer. Estoy terminando una novela.

—¿De qué trata?

—Si te compras una te regalo otra. De eso trata. Hala, a correr.

Me miró fijamente e imaginé que en realidad, en lo más profundo de su ser de escritora famosísima, estaba deseando que yo me negase a irme.

—¿No podría quedarme a dormir aquí? Ha sido un domingo muy extraño.

—No.

Era evidente que me equivocaba una vez más. Pero tenía que intentarlo. Quiero decir, nadie puede culparme por intentarlo. Si uno quiere mucho una cosa y no intenta conseguirla, dulcemente, eso sí, se convierte en un cobarde. Y yo no lo era. ¿Acaso no hace falta tesón y arrojo para gastar la mitad de una vida entera sin hacer nada, sin tomar decisiones, sin querer avanzar ni retroceder, ni inventar ni recordar? ¡La bravura de un ejército! Los cobardes hacen lo que todos los demás: alcanzar metas, logros y méritos, o perecer en el esfuerzo. Sólo los valientes son capaces de pasarse la vida esquiván-dolo todo, incluso a sí mismos. Decidí que era un valiente y me propuse hacer algo para demostrarlo de una vez por todas. Como si por fin despertase de un eterno letargo, miré a Gini a los ojos como si me fuera la vida en ello.

—Te quiero.

—¿Qué has dicho?

—Que si quieres te ayudo con lo del final de tu libro. Soy muy bueno revisando textos.

—No has dicho eso.

—Ah, y que te quiero.

—Eso me había parecido. Y ahora, si no te importa...

Por si no había quedado claro que por ese día —ese maldito domingo— estaba más que harta de mí, Gini se puso en pie, que es lo que hacen los anfitriones cuando te invitan a marcharte. Es decir, cuando te echan.

Hice lo propio; me puse en pie, muy digno, y me encaminé hacia la puerta. Mi último intento, en cambio, fue más que desesperado:

—¿Te ayudo a recoger?

—Que te largues.

Lo dijo de esa manera tan adorable en que lo dice todo. Era imposible enfadarse con Gini, al menos para mí lo era. Me cogió de la mano y me guio con dulzura. Ya con la puerta abierta y el pasillo por delante, me abrazó fuerte y me besó en los labios. Sin lengua. Pero algo es algo.

Emprendí el camino hacia el ascensor de marquetería, cabizbajo, cuando escuché su voz de nuevo. Mi corazón dio un respingo. Sé que los corazones no dan respingos, pero el mío lo dio, y al fin y al cabo, al menos esa parte de la historia es sólo mía.

—Primito.

Me volví.

—¿Sí?

—Se me ha olvidado preguntarte algo importante.

—Dime.

—Esa oferta que tenías, la que te traía tan ilusionado, ¿de qué se trata?

La verdad es que me esperaba otra cosa, pero, como bien dice Gini, en esto del amor no se debe sublimar.

Ni esperar demasiado.

—Me han vuelto a llamar de la asociación de vinicultores ingleses. Quieren ponerme al frente de la división latinoamericana. Me ofrecen un buen dinero.

—Vinos ingleses... Te deseo la mejor de las suertes.

Lo dijo con más carita de pena que rastro de ironía. Luego trató de arreglarlo.

—Bueno, al menos ya tienes trabajo, y también sabes que te adoro. Nos vemos pronto, primito.

—Gini...

—Qué.

—¿Puedo pedirte un favor?

—Lo que quieras. Menos dormir aquí hoy.

—No es eso... ¿Puedes no llamarme primito aunque sea por una vez?

—Claro que sí... Buenas noches, medio Gini.

Y cerró la puerta.

Mientras esperaba al ascensor olvidé casi todo lo sucedido y abracé las últimas frases. No había sido un mal domingo a pesar de todo.

Hotel Tuxpan

México D. F., diciembre de 2014

Todo empieza y acaba en el Hotel Tuxpan, rodeado de alienígenas. Despertando dos veces en el mismo instante. Más de lo que le está permitido a cada uno.

También hay una mujer en la cama a la que apenas conozco, y no sé cómo se llama. A decir verdad, no hay ninguna mujer en la cama, pero el principio es el mismo, ni siquiera la conozco, aunque sea una mujer real, aunque sea imaginaria, aunque se llame Fernanda, o Virginia.

Perdón por el amor, Gini, al menos lo intenté.

Algo he aprendido: es mejor perder dos guantes que uno solo. Si se pierde la pareja se olvida el asunto, pero un solo guante guardado recuerda dolorosamente la ausencia del guante perdido. Tony Orlando, mientras tanto, ata un lazo amarillo alrededor del viejo roble. Tengo el ordenador encendido y suena esa vieja canción de los setenta en modo sin fin. *Tie a yellow ribbon 'round the old oak tree, tie a yellow ribbon 'round the old oak tree...*

Las señales cuentan. Un lazo amarillo alrededor del viejo roble señala el camino de vuelta, pero ¿quieres volver?

¿Y quién narices es Tony Orlando para obligarme a volver?

Un guante extraviado, un lazo amarillo, más señales de las que necesitaba. ¿Acaso no fingimos al recordar? No lo hicimos así, nunca fuimos ésos, no te miraba. Los guantes perdidos nunca vuelven. Todo era, para empezar, un enredo sin trama precisa. Como ese otro absurdo lazo que nos enseñaron a hacer con los inocentes cordones de los zapatos.

Y debajo de los cordones, como no podría ser de otra manera, están los zapatos, y luego los pies, pero desde que bajamos de los árboles, y hace ya mucho tiempo de aquello, hace ya eones, con los pies —y por ende con los zapatos— no agarramos nada, ni siquiera el peso de la ausencia. Antes de bajar de los árboles los dedos de los pies eran prensiles y hasta merecían guantes, ahora los pies se conforman con calcetines. Cuando éramos monos teníamos cuatro manos, es como para empezar a dudar, ya y ahora mismo, de la palabra evolución. Los zapatos, como todo el mundo sabe, sólo se pierden en caso de atropello, o de accidente aéreo, y entonces eres muy afortunado si llegas a echarlos de menos. Los guantes, en cambio, pertenecen por derecho a la realeza de la pérdida. Todo guante perdido tiene una corona, adornada de joyas y prestigios deslumbrantes.

La ausencia abusa de un lugar que la presencia nunca ocupó del todo.

Eso también vale para mí y para ti, vida mía. Te llames como te llames. Aunque te llames Gini.

Los alienígenas siguen aquí y son invisibles, como siempre imaginé que serían. Nos llevan siglos de antelación, sólo que ellos no los llaman siglos, cuentan el tiempo de otra manera, y han aprendido a esconder su presencia en universos paralelos, y han retroevolucionado de vuelta a los pies prensiles. La habitación parece vacía, pero podría estar llena de habitantes de alguno de los muchos universos paralelos de Erwin Schrödinger; de hecho, estoy seguro de que lo está, hay quien los llama fantasmas. La música del televisor tapa sus voces, pero sé que cuchichean. Seguramente se ríen de mí. Cómo culparlos.

Se ríen del guante que perdí en el parque junto a mi casa cuando era niño, pero sobre todo del triste guante que aún guardo y que viaja siempre conmigo, insoportablemente viudo.

En la televisión, José Luis Rodríguez, El Puma, entona «Pavo real», que no es una canción antigua, sino una canción eterna. Un lazo amarillo alrededor del viejo roble.

En otro orden de cosas, mi abuela murió el mes pasado y no acudí a su entierro. Encontré mi corbata negra, pero no me la puse. Mi abuela tenía noventa y nueve años y estaba empeñada en llegar a los cien, se quedó corta por seis meses; aun y así, tiempo de vida más que suficiente. Vio el primer coche que cruzó los Pirineos. Quiso aprender a patinar sobre hielo, pero no lo consiguió. Yo tampoco, debe de ser hereditario. Los patines abandonados de mi abuela en el Palacio de Hielo de Jaca son la historia de mi vida, como su minifalda negra de flecos para bailar el charlestón en el gran baile del casino de Jaca es mi última minifalda, mi última fiesta, mi último baile, mi irrecuperable alegría. Descanse en paz, doña Concepción. Mi otra tristeza está apuntada en otro carnet que no es de baile: el carnet de capitana del Club de Dick Turpin de mi otra querida abuela, que se llamaba Blanca y lo era —de corazón, quiero decir—, además de gallega. ¿Qué clase de Dios es este que mata mujeres bonitas? Dick Turpin fue un bandolero nacido en Essex en 1706 que se hizo muy popular gracias a una serie de novelas escritas por William Harrison Ainsworth, novelitas de quiosco a las que mi abuela era tan aficionada que en su infancia creó su propia banda de Turpin, de la que era capitana, y hasta el día en que murió guardaba en un cofre su pistola de madera —que ella misma se hizo con una navaja y una tabla—, un parche, su carnet y la lista secreta del resto de la banda de niños forajidos. Una mujer valiente, qué duda cabe.

Ahora estoy en México D. F., tumbado en la moqueta del Hotel Tuxpan, sito en la avenida Colombia número 11, a escasos pasos del Zócalo, donde gritan los justos la muerte de los niños desaparecidos de Iguala, muertos sólo por culpa de su idea personal y peculiar de la justicia. Mañana salgo para Guadalajara. Allí veré a mucha gente y haré muchas cosas divertidas. Y sobre todo veré de nuevo a mi prima Virginia, la muy famosa escritora.

Este hotel me encanta, está todo lleno de ruido. Ya había estado aquí antes. No está muy limpio, pero es muy barato.

Los gritos, por justos que sean, se alejan hasta no ser más que voces. El ruido de las voces se mezcla ahora con la música de la calle. Corridos, joropos, bachata, cumbia, santiagueñas, reguetón..., cada puesto y cada tienda tiene la suya propia, a todo volumen, y se mezcla también con las canciones de mi habitación.

Demasiado ruido, demasiada música. Me desmayo una vez más, como siempre. Sufro narcolepsia, y de hecho no es una maldición, sino una victoria. Es a lo más lejos que he llegado en mi batalla silenciosa contra la epilepsia. La narcolepsia es una enfermedad autoinmune y crónica que fue descrita por vez primera por Carl Friedrich Otto Westphal en 1877 y que recibió el nombre de síndrome de Gélineau gracias a los estudios posteriores del eminente neurólogo francés Jean-

Baptiste Édouard Gélineau. Consiste, a grandes rasgos, en quedarse dormido en el momento más inoportuno y caerse de bruces. De ahí la sangre que mancha la moqueta y lo extraño de mi postura, tendido en el suelo como una marioneta abandonada. Por cierto, odio haber hecho esta comparación, pero ya es tarde para borrarla. Afortunadamente, no temo a los ácaros; soy un hombre de mundo y me he enfrentado con enemigos más grandes. Imagino que en el Hotel Tuxpan no pasan la aspiradora a diario —el precio de la habitación no da para tanto—, pero a estas alturas de mi vida los ácaros son amigos. Diminutos, pero amigos. Ojalá pudiese decir lo mismo de estos intransigentes alienígenas invisibles y paralelos de pies prensiles. En una mano sujeto un catálogo de vinos ingleses. Ya sé que a casi nadie le gustan los vinos ingleses, pero es mi trabajo. No vender sherry, no, eso lo hace cualquiera, sino tratar de vender tintos y blancos, con y sin aguja, afrutados, jóvenes, reservas, grandes reservas, y crianzas, pero todos ingleses. Labor de titanes, o de suicidas.

Esto es presente, la sangre aún está fresca, lo demás es pasado. Incluidos ese maldito sábado y ese maldito domingo, y todos los venenosos días anteriores al olor a desinfectante y sangre y polvo de alienígena que impregna la moqueta de mi pequeña habitación del Hotel Tuxpan.

Me gustaría decir que los almendros estaban en flor, o sin flor, o comoquiera que estén los árboles un día cualquiera, pero lo cierto es que me dan igual los árboles. Todos pensábamos crecer de otra manera —yo al menos lo esperaba—, y de pronto, sin que te des cuenta, aparece esa extraña medusa negra que se alarga cubriéndolo todo.

Chrysaora achlyos, creo que se llama, y al parecer no es mortal, pero es enorme y negra, y flota a la deriva en el pasado amenazando el futuro. Pero puede que eso ya lo haya comentado.

Me estoy tomando muy en serio esto de enamorar de una vez por todas y para siempre a mi prima Gini.

Incluso me empiezo a tomar en serio lo de escribir, y no sólo por impresionar a Gini, que también, sino por hacer algo, por así decirlo, interesante. Tal vez una novela, pero no ésta, otra. Una que no tenga nada que ver con Chino, ni con Fernanda, ni con Gini, ni con aquella noche hace más de mil veranos en la que pensé que algo sucedió y no sucedió apenas nada. Ni con todo el tiempo perdido persiguiendo una culpa que no existía.

O tal vez sí. Quiero decir que a lo mejor termino por escribir sobre aquello.

O tal vez no.

A lo mejor comienzo la biografía definitiva de Tony Orlando.

Querida Gini, en cualquier caso, vete buscando un lazo amarillo y un viejo roble.

Luego, si quieres lo atas, y si no quieres no.

Eso allá tú.

Índice

Este libro se terminó
de imprimir en
Móstoles, Madrid,
en el mes de
abril de 2019

Descubre tu próxima lectura

Si quieres formar parte de nuestra comunidad,
regístrate en **www.megustaleer.club**
y recibirás recomendaciones personalizadas

Penguin
Random House
Grupo Editorial

 megustaleer